Das Buch

Jakobs Wissen

In der St. Michaelis-Kirche in Hamburg wird ein Gottesdienst zum Epiphanias Tag gefeiert. Anstatt einer Predigt hält ein alter Mann namens Jakob eine recht seltsame Ansprache.
Einige Monate später findet die Glaubenswoche in einer katholischen Kirchengemeinde in Hamburg statt. Ein Fremder erzählt ein mysteriöses Märchen: Was glauben Sie eigentlich?
Was verbindet diese beiden kirchlichen Veranstaltungen miteinander?
Der Fremde muss erfahren, dass seine noch so schnelle Flucht vom Flug des Schmetterlings eingeholt wird. Es kommt zu einer schicksalhaften Begegnung, die zu Jacobs sieben Wegen der Erkenntnis führt.

Sternenhöhlen

Ein Mann hat alles in seinem Leben erreicht, sodass er sich zufrieden zurücklehnen und auf einen geruhsamen Lebensabend vorbereiten kann. Doch dann beginnt erst das wahre Abenteuer seines Lebens.
Zunächst begegnet er einer klugen Frau, die zielsicher die wunden Punkte seines Lebens trifft und jede weitere Zusammenkunft mit ihm ablehnt.
Dann schließt er im Hamburger Rathaus Freundschaft mit einem alten Mann, der ihn wach rüttelt und auffordert, sich täglich zu blamieren. Dieser

Freund findet im Bayreuther Festspielhaus einen plötzlichen Tod und hinterlässt ihm den Schlüssel zum Tor der Freiheit, das er in einer Höhle in den Bergen Nordthailands finden soll. Es beginnt eine abenteuerliche Reise. Der Mann findet das Tor der Freiheit und muss entdecken, dass alle mysteriösen Ereignisse eine tiefe Ursache haben.

Der Autor

wurde 1943 am linken Niederrhein geboren, ist gelernter Landwirt und bewirtschaftete einige Jahre einen landwirtschaftlichen Betrieb. Nach Wanderjahren in England, Schweden und Russland sowie einem Ingenieurstudium studierte er Agrarwissenschaften und promovierte mit einem regionalpolitischen Thema. Langjährig war er als Politikberater in Deutschland und in der Schweiz tätig und widmete sich viele Jahre in Führungsfunktionen der Entwicklung des Handwerks und der mittelständischen Wirtschaft. Hogeforster baute die Zukunftswerkstatt auf, die er bis heute betreibt, und gründete das Hanse-Parlament und die Baltic Sea Academy, in denen er sich aktuell engagiert.
Der Autor hat zahlreiche Fachpublikationen veröffentlicht, verschiedene Erzählungen, die er als „Märchenbücher für Erwachsene" bezeichnet, verfasst und moderiert eine monatliche Fernsehsendung.

Text: Jürgen Hogeforster
Graphik: Horst Wolniak
Gestaltung Umschlag: Hannes Ujen

Jakobs Wissen

JAKOBS WEGWEISER

Suche und bleibe bis ins hohe Alter zu einem guten Teil ein Kind.

Finde das Große im Kleinen und entdecke die wunderbare Kraft des Einfachen.

Lerne durch lehren Glauben zu wissen und finde dich selbst.

Du kannst darauf vertrauen: Alles ist vollkommen da und du bekommst, was du brauchst.

Erkenne den Grund deiner Suche und finde heraus, was du mit dem gefundenen Schatz anfangen willst

Entdecke das 'Gut sein' in dir, lebe es aufrichtig und biete es deiner Mitwelt an. Dein 'Gut sein' ist ein Teil von Gott und trägt den Namen 'Liebe'.

Die Wahrheit ist einfach und deshalb so schwer. Finde sie in deiner Liebe, die du verschenkst und die zu dir vielfach verstärkt zurückfließt.

Es war am 3. Januar gegen 18.00 Uhr, als ich dem alten Mann zum ersten Mal begegnete.

An diesem Sonntagabend hatte ich beschlossen, zur Kirche zu gehen. Ich verspürte dazu kein besonderes inneres Bedürfnis. Ich fand es ganz einfach schön, zum Jahresanfang einen Gottesdienst zu besuchen. Außerdem freute sich meine Frau darüber, denn ihr ist es ein wichtiges persönliches Anliegen, regelmäßig am Gottesdienst teilzunehmen. So machten wir uns an diesem kalten Januarabend auf den Weg zur St. Michaelis-Kirche in Hamburg.

Draußen vor der Kirchentür herrschte dichtes Gedränge. Viele Menschen hatten wohl den gleichen Entschluss gefasst wie ich und der große 'Michel' würde sicherlich übervoll werden. In dem Gewühl fiel mir der alte Mann sofort auf. Er stand etwas abseits vom Eingang, eine entfernte Laterne beleuchtete seine Gestalt schemenhaft. Aus einem mächtigen grauen Vollbart, der bis zur Brust herunterreichte, ragte eine große markante Nase hervor. 'Wie ein Adler sieht er aus', durchfuhr es meine Gedanken. Doch dann sah ich in seine tiefblauen Augen, deren Strahlen die Finsternis des bärtigen Gesichtes übertönte. Nicht der stechende Blick eines Adlers, sondern die Güte, Ruhe und heitere Gelassenheit dieser Augen zogen mich magisch an. Spontan bat ich meine Frau, schon in die Kirche hineinzugehen und mir einen Platz freizuhalten. Ich wollte herausfinden, was es mit diesem seltsamen kauzigen Mann auf sich hatte.

Der Alte schaute den hineinströmenden Kirchenbesuchern zu. Es schien so, als würde er jedem Einzelnen ganz tief in das Innere blicken, so als wollte er etwas ganz Persönliches von ihnen erfahren. Er stand nur reglos da und schaute zu. Als in der Kirche das Orgelspiel zum Eingangslied begann, schlug er den Mantelkragen hoch, zog den breitkrempigen Hut tiefer in die Stirn, wandte sich von der Kirche ab und ging entschlossenen Schrittes Richtung Hafen.

Ich sah ihm hinterher, bis die Dunkelheit ihn verschluckte. Mit dem Gedanken 'seltsamer alter Kauz' begab ich mich in die Kirche. Der 'Michel' war wirklich bis zum letzten Platz gefüllt. Einige Besucher standen noch in den Gängen. Zum Glück hatte meine Frau in einer der ersten Bankreihen einen Platz für mich reserviert. Einen Moment dachte ich noch über den alten Mann nach, dann verschwand er aus meinen Gedanken. Ich lauschte den Liedern, folgte ein wenig den Gebetsworten unseres Hauptpastors. Dann flogen meine Gedanken mal hierhin, mal dorthin.

Mittlerweile war der Gottesdienst so weit fortgeschritten, dass nun die Predigt folgen müsste. Ich schreckte aus meinen Träumen auf, als ich den Hauptpastor verkünden hörte, dass er heute keine Predigt halten würde. Er hätte vielmehr einen älteren Herrn eingeladen, eine Ansprache zu halten. Der Gastredner hieße Jakob, einen weiteren Namen habe er nicht. Ich war plötzlich hellwach. Ich hatte eine Ahnung, wer dieser Redner war. Der Pastor ging in die Sakristei und führte den alten Mann, den ich draußen vor der Kirche entdeckt hatte, in die Kirche hinein.

Ohne Zögern trat Jakob in den Altarraum an das Mikrofon. In den Händen trug er einen etwa zwei Fäuste großen grauen schmutzigen Stein, den er hochhielt und uns zeigte. Der alte Mann sprach kein Wort, streckte uns nur den Stein entgegen und sah uns so an, wie er draußen vor der Kirchentür die Leute mit seinem Blick durchdrungen, in sich aufgesogen hatte.

Es war so still in der Kirche, dass man eine Stecknadel hätte fallen hören können. Es mögen vielleicht nur zwei oder drei Minuten der absoluten Ruhe gewesen sein, doch mir erschien diese Stille wie eine Ewigkeit. Sie sank wie eine schwere Last auf meine Schultern. Unruhig begann ich auf meinem Platz herumzurutschen. Jakob schien dies nicht zu stören. Er lächelte und seine Augen strahlten nichts als heitere Gelassenheit aus. Dann begann er urplötzlich mit seiner Ansprache.

„Heiligabend besuchte mich eine Dame, die vor Jahren für längere Zeit meine überaus tüchtige Mitarbeiterin gewesen war. Sie meinte, sie hätte mir während unserer Zusammenarbeit manch' harte Nuss zum Knacken aufgegeben und nun wollte sie mir zum Dank diesen Stein schenken. Ich habe mich sehr darüber gefreut und empfand diesen auf den ersten Blick unansehnlichen Stein als ein ganz besonders Weihnachtsgeschenk.
Das Licht trat in mein Leben.
Ich gebe zu, ich wusste zunächst nicht, was ich mit diesem Stein anfangen sollte. Er ist schmutzig, grau, voller Risse und Löcher, fühlt sich nicht geschmeidig an und ist bestimmt nicht schön."

Mit diesen Worten wendete Jakob den Stein hin und her. Dann nahm er den unansehnlichen Brocken in beide Hände und brach ihn auf. Es handelte sich um einen Grottenstein, der vorher schon gespalten war, und nun strahlte uns die wunderbare Schönheit weißer, blauer und violetter Kristalle aus beiden Steinhälften an. Das Licht der Kerzen und Lampen wurde von diesen Kristallen eingefangen und schien daraus, in zigfacher Verstärkung wiedergegeben, bis in den letzten Winkel der Kirche zu strahlen.

Wieder langes Schweigen und tiefe Ruhe. Ich bemerkte, wie einzelne Besucher ihre Köpfe reckten, jeder schien von dem Glitzern der Kristalle gefangen zu sein und wartete darauf, was nun folgen sollte. Schließlich fuhr der alte Mann mit seiner Ansprache fort.

„Das Dunkle schließt das Licht ein - wie in diesem Stein, so oft auch in unserem Leben.

Wir erleben täglich Probleme und Schwierigkeiten. Sie gleichen den dunklen Regenwolken, die die Heiterkeit des Himmels zu stören und unsere Sonne zu verdecken scheinen. Und doch sind es gerade diese Wolken, die die lebensspendende Feuchtigkeit enthalten und Wachstum ermöglichen.

Ich lade Sie herzlich ein, ein wenig zu entdecken, wie im vergangenen Jahr das Licht in mein Leben kam. Das Jahr hatte für mich viele dunkle Seiten - fast genau wie dieser Stein. Doch aus dem Innersten dieser Dunkelheit strahlte ein wunderbares Licht.

Im August des vergangenen Jahres geriet ein Handwerksbetrieb mit vier Mitarbeitern in sehr große Schwierigkeiten. Handwerksmeister müssen gegenüber den Banken mit allem, was sie haben, mit dem gesamten Familienbesitz für ihr Unternehmen haften. Und so war es auch in diesem Fall. Der Betrieb geriet in Konkurs; über Nacht stand der Meister mit seiner Ehefrau und seinen beiden Söhnen völlig mittellos da. Sie baten mich um Hilfe. Doch wie sollte ich ihnen in dieser großen Not helfen können?

Ich rief einen Spezialanwalt an, schilderte die Situation und suchte seine Unterstützung. Er sagte spontan zu. Auf meinen Hinweis, dass er kein Honorar erwarten könnte, weil kein Geld mehr da sei, antwortete er nur: 'Darüber machen Sie sich keine Sorgen. Ich habe keine Reichtümer, verdiene jedoch so viel, dass meine Kinder studieren können und ich mir ein Haus und ein Auto leisten kann. Und ich gebe gern etwas zurück und helfe in Notfällen ohne Honorar. Mein Beruf würde keinen Spaß machen, wenn ich nur für Geld arbeiten müsste.'

In diesem Moment kam das Licht in mein Leben.

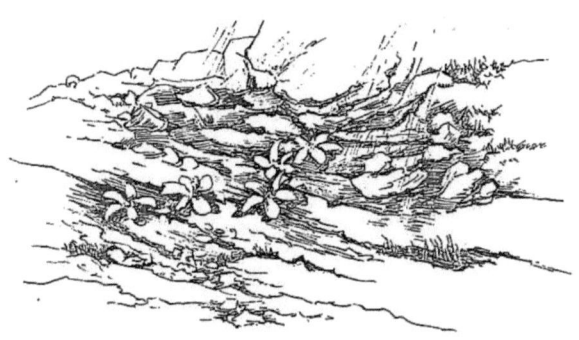

Und der Anwalt half. Das Unternehmen war zwar nicht mehr zu retten, das alte Meisterehepaar nun völlig mittellos. Für sie konnte eine Stiftung gefunden werden, die ihnen zunächst für ein Jahr ein mietfreies Wohnen ermöglichte. Die beiden Söhne gründeten ein neues Unternehmen. Eine

Angelegenheit voller großer Probleme, sehr viel Dunkelheit und doch gleichzeitig ein wunderbares Licht: Der Anwalt, die Stiftung, die Hilfe der Sparkasse für die beiden Söhne bei der Neugründung...

Ein zweites Erlebnis:

Im Oktober des vergangenen Jahres war in unserem Nachbardorf ein älterer Kaufmann durch einen Konkurs völlig verarmt. Er und seine Ehefrau besaßen nur noch ein kleines Häuschen, in dem sie schon seit Jahrzehnten wohnten, und nun sollte diese letzte Heimat auch noch zwangsversteigert werden. Die Ehefrau des Kaufmanns, eine kleine energiegeladene Person, trug diese schwere Last mit wunderbarer Kraft. Sie hielt unerschütterlich zu ihrem Mann und meinte: 'Uns ging es viele Jahre gut. Nun werden wir auch gemeinsam mit den Problemen fertig. Wer seine Vergangenheit kennt, braucht die Zukunft nicht zu fürchten.'

Die Ehefrau des Kaufmanns hat mehrere Geschwister. Keiner von ihnen ist besonders reich, sie verdienen als Angestellte oder Arbeiter ihr Geld. Doch sie wollten ihrer Schwester helfen, das kleine Häuschen, ihre Heimat, zu behalten. Aber wie?

Da erinnerten sie sich, dass es bei uns auf dem Lande früher ein altes Recht gab - das Heimfluchtrecht. Die von den Bauernhöfen abgehenden Söhne und Töchter konnten zeitlebens in ihre Heimat, zum elterlichen Bauernhof flüchten, wenn es ihnen wirklich einmal schlecht erging. Dort erhielten sie Essen, Kleidung und ein Dach über dem Kopf.

So gründeten die Geschwister die Gesellschaft 'Heimflucht', und selbst einige ihrer Kinder machten mit. Jeder zahlte so viel ein wie er konnte. Sie sparten beim Urlaub und bei anderen Dingen. Die Hilfe ihrer Schwester und Tante war ihnen viel wichtiger als Ferientage im Süden.

Das Licht trat in mein Leben.

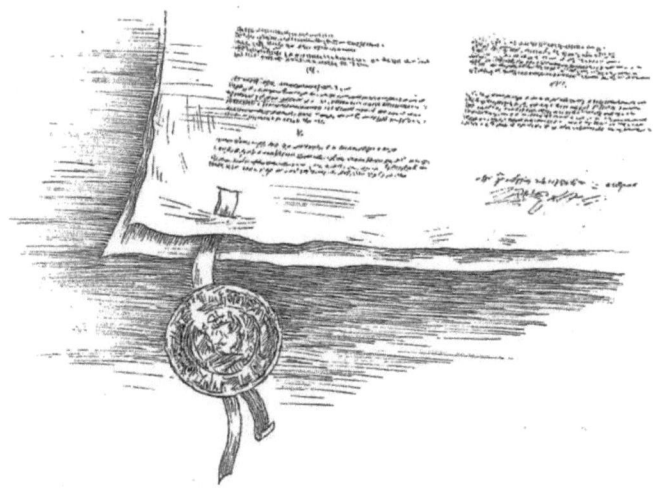

Ich durfte die Verträge für die Gesellschaft 'Heimflucht' machen. Sehr viel Bürokratie, sehr viel Papierkram, sehr viel Schreibarbeiten. Meine Sek-

retärin hat dies alles an ihren Feierabenden geschrieben, und zu meinem verlegenen Dank bemerkte sie nur: 'Es macht mir Freude zu helfen.'
Das Licht trat in mein Leben.

Die Gesellschaft 'Heimflucht' bekam so viel Geld zusammen, dass mit Krediten das Haus gekauft wurde und so der Schwester und Tante die Heimat erhalten blieb. Im Dezember, als alles über die Bühne gegangen war, trafen sie sich alle zu einem Abendessen. Dort saßen zwölf Personen an einer langen Tafel. Ich habe selten so viel Freude, so viel Glück und auch so viel innere Sicherheit erlebt, denn jeder wusste, er ist nicht allein gelassen auf dieser Welt.

Das Licht trat in mein Leben.
Wir alle haben ein Heimfluchtrecht. Wir haben eine Heimat in Gott. Wir dürfen jederzeit zu ihm kommen, zu ihm flüchten aus der Dunkelheit in das Licht.

Es gibt weitere Erlebnisse im vergangenen Jahr, die aus tiefer Dunkelheit strahlendes Licht in meine Welt brachten. Doch es sind nicht so sehr die ganz großen, die dramatischen Dinge, die ein solches Licht hervorbringen.
Entscheidend ist das Kleine.
Die wahre Lebenskunst besteht darin, im Alltäg-

lichen das Wunderbare, das Göttliche zu entdecken.

In Jesaja 60, Vers 22 heißt es: 'Aus dem Kleinsten sollen Tausend werden und aus dem Geringsten ein mächtiges Volk'.

Aus dem Kleinsten werden Tausend.
Entscheidend ist das Kleine, das Wunderbare in unserem Alltag.

Da sind meine Sekretärinnen. Sie leisten eine sehr gute, großartige Arbeit, tun viel mehr als sie müssen, opfern manche Abendstunde, um mir und anderen Menschen bei Dingen zu helfen, die nicht zu ihren normalen Dienstgepflogenheiten gehören. Ihr ganzer Lohn für diese zusätzliche Arbeit besteht in Blumen oder Süßigkeiten, die ich ihnen hin und wieder als Zeichen meines tief empfundenen Danks mitbringe.

Das ist das Licht meines Lebens.

Da sind die drei Kinder, deren Eltern für ein Wochenende verreist sind. Die Kinder renovieren an diesen Tagen die elterliche Wohnung. Sie hätten es bezahlen können. Doch sie tun es selbst, geben ihre Zeit, spenden Licht.
Das ist das Licht meines Lebens.

Da ist eine liebe Freundin. Sie ist in Pommern geboren und versteht sich darauf, Gänseschmalz nach altem Großmutterrezept herzustellen. Ich liebe dieses Schmalz über alles. Zum Advent steht ein Topf mit Gänseschmalz vor meiner Tür.
Das ist das Licht meines Lebens.

Da ist vor allem meine wunderbare Frau. Ich arbeite sehr viel, versuche, anderen Menschen zu helfen, komme regelmäßig sehr spät abends nach Hause. Meine Frau klagt nie, unterstützt mich mit allen Kräften, hält viele Sorgen des Alltags von mir fern und kümmert sich intensiv um alte Menschen, die ihrer Hilfe und ihrer liebevollen Wärme bedürfen.
Das ist das Licht in meinem Leben.

So kam in diesem Jahr das Licht in meine Welt. Immer wieder - bei einigen großen und bei sehr, sehr vielen kleinen Dingen. Ich habe dabei erfahren, dass uns die Welt eine Menge Rätsel aufgibt.

Aber sie hat für uns auch mindestens ebenso viele Lösungen, hundert Mal schöner als die Rätsel.

Das ist die Entdeckung, die mir dieser Stein schenkt, das Licht ist im Inneren, es lebt in uns.
Matthäus 5, Vers 14 verkündet uns die Botschaft: 'Ihr seid das Licht der Welt'.
Wir selbst sind die Tempel Gottes.
In uns hat Gott seine Heimat.
In uns brennt das ewige Licht des Lebens.
Gott ist mit uns.
Gott lebt in uns, er ist das Licht.
Wir können es nicht außen finden, wir müssen es in uns selbst entdecken. Es gibt keinen anderen Weg zum Licht.

Viele Menschen wissen, was für andere gut ist, und vergessen dabei ihr eigenes 'Gut sein'. Sie sagen häufig: 'Ja, aber...'. Sie stimmen zu und verkünden zugleich Entschuldigungen, selbst nichts zu tun.

Sie verraten sich durch die Worte: 'Man sollte...' und mit 'man' ist stets der andere gemeint, das eigene Handeln wird vergessen.

Sie verkünden: 'Eigentlich will ich...' und bekennen damit zugleich, ihren eigenen Erkenntnissen nicht folgen zu wollen. Solche Worte sollten wir aus unserem Wortschatz rigoros streichen.

Wir müssen das 'Gut sein' in uns selbst entdecken. Das 'Gut sein' lebt in jedem von uns, häufig in unserem Inneren versteckt, vergessen, unbeachtet wie die Kristalle in diesem Stein.

Wenn wir das Licht in uns entdecken, herauslassen, aufrichtig leben, erfahren wir großes Glück. Und dieses Glück vergrößern wir, wenn wir es mit anderen teilen. Alles in unserem Leben wird durch Teilen kleiner. Nur Glück vergrößert sich durch Teilen und führt so zum alles überstrahlenden Licht. Selbst in der schwärzesten Finsternis ist Licht vorhanden. Das Licht ist ein Teil der Dunkelheit, und wenn wir diesen kleinsten Lichtschimmer in uns mit anderen teilen, überstrahlt der Glanz Gottes jede Finsternis.

Ich möchte mit Ihnen, meine sehr verehrten Damen und Herren, heute Abend in dieser Kirche teilen. Jedoch stehe ich hier vor Ihnen mit leeren Händen, aber vollem Herzen. So möchte ich mit Ihnen eine Geschichte, ein Bild teilen.

Ein Lokomotivführer fuhr einmal mit einem voll besetzten Personenzug durch die Nacht. Draußen herrschte tiefe Finsternis, nur der Führerstand der Lokomotive wurde von einer matten Lampe etwas erhellt.

Plötzlich glaubte der Lokomotivführer, ein heftiges Winken zu sehen. Er schaute sich um, konnte jedoch nichts entdecken. Nur das Winken blieb. Deutlich sah er die Schatten der winkenden Hand über die Wände seines Führerstandes huschen.

Instinktiv betätigte er die Bremse, hielt den Zug an und schaute aus dem Fenster auf die Strecke vor ihm. Doch da war keine Besonderheit auszumachen. Kurz entschlossen stieg er aus dem Zug und ging auf den Gleisen die Strecke ab. Nach wenigen Hundert Metern stockte ihm der Atem. Die Brücke, die über eine tiefe Schlucht führte, war eingestürzt. Wäre er weitergefahren, wäre unweigerlich der Zug in die Tiefe gestürzt und hätte ihn und alle Passagiere mit sich in den Tod gerissen.

Nach einer Weile ging der Lokomotivführer zu seinem Zug zurück und bestieg erneut den Führerstand. Da war immer noch dieses mysteriöse Winken. Immer noch huschten Schatten wie von einer winkenden Hand geworfen, über die Wände.

Doch niemand war zu sehen. Das Rätsel war dann schnell gelöst.

Ein Schmetterling hatte sich in der Glaskuppel der Lampe verfangen. Sein aufgeregtes Flattern zwischen der heißen Glühbirne und der Glaskuppel hatte die Schatten einer winkenden Hand auf die Wände geworfen und damit den Zug gerettet.

Ein kleiner Schmetterling rettete den Zug, rettete viele Leben.

Nur ein Zufall?

Oder war es die winkende Hand Gottes?

Mit dieser Geschichte des Schmetterlings, der Leben rettete, möchte ich das neue Jahr zum 'Jahr des Schmetterlings' erklären.

Warum?

Schmetterlinge sind wandelbare Geschöpfe. In der unscheinbaren Raupe lebt bereits das Licht des Schmetterlings, das bald zum Vorschein kommen wird. Es ist das Licht in unserem Leben.

Schmetterlinge sind Geschöpfe des Lichts, Kinder der Sonne. Sie symbolisieren das Licht in unserem Leben.

Schmetterlinge sind sehr empfindsam, zart, verletzbare Lebewesen. Sie sind wie das Licht: verletzbar, schnell ausgelöscht, und doch erwächst aus dem kleinsten letzten Glimmern das Licht unseres Lebens.

Schmetterlinge sind schwach und doch vollbringen sie mit geringstem Energieaufwand ungeahnte große Leistungen. Sie geben sich dem Wind hin, und im Fluss des Lebens schaukeln sie von Blüte zu Blüte. Das Kleine erzeugt das Große. Die vielen kleinen Taten des eigenen 'Gut seins' zünden das Licht in unserem Leben an.

Schmetterlinge sind ein Symbol der Liebe. Das Licht in unserem Leben hat nur einen Namen: Liebe.

Liebe ist die größte Kraft in unserer Welt. Schon die Bibel lehrt uns: 'Und wenn ich alle Macht der Erde hätte als dass ich Berge versetzen könnte und hätte das eine, die Liebe nicht, so wäre ich nichts'.

Ich wünsche Ihnen, meine sehr verehrten Damen und Herren, ein Jahr der Liebe.

Eine Dichterin hat einmal gesagt: 'Wir sind Engel mit nur einem Flügel. Um fliegen zu können, müssen wir uns umarmen'.

Mit meiner Geschichte vom Schmetterling, der den Zug rettete, will ich Sie alle, jeden Einzelnen von Ihnen umarmen, gemeinsam dem Licht entgegenfliegen und so die Liebe in unserem Leben entdecken.

Ich wünsche Ihnen ein liebevolles Jahr voller strahlendem Licht und Ihrem Schmetterling einen guten Flug."

Der alte Mann hatte seine Ansprache beendet. In der Kirche herrschte absolute Stille. Kein Wispern, kein Rascheln, kein Hüsteln war zu vernehmen. Nichts, nur wohltuende Ruhe umgab mich.

Dann verbeugte sich der kauzige Alte tief vor uns und verließ durch die Sakristei die Kirche. Ob er unseren vehement einsetzenden kräftigen Applaus noch gehört hat?

Die Ansprache des alten Mannes beschäftigte mich noch viele Tage. Er hatte irgendeine verborgene, mir unbekannte Saite in mir zum Erklingen gebracht. Doch es waren weniger seine Worte, die mich ergriffen hatten, sondern die heitere Gelassenheit, die während seiner Ansprache aus seinen Augen leuchtete. Diese Augen verkündeten mir von dem Licht in seinem Leben, vermittelten mir den Eindruck, dass jedes Wort seiner tiefsten Überzeugung entsprang, dass dieser seltsame Mann mit sich selbst im Einklang lebte.

Ich war ein wenig gefesselt, wollte mehr von ihm wissen, wollte ihn persönlich kennen lernen. So rief ich Tage später kurzer Hand unseren Hauptpastor an, um die Adresse des Gastredners zu erfragen. Doch der Pastor konnte mir nur seinen Namen mitteilen: Jakob. Darüber hinaus wusste er noch den Ort, in dem er wohnte, ein kleines Dorf in der Heide.

An meinem nächsten freien Tag machte ich mich auf den Weg, Jakob zu suchen.

In dem kleinen Gasthof des Dorfes, in dem Jakob wohnen sollte, machte ich Halt, trank ein Glas Bier und fragte nach dem mysteriösen Alten. Der Wirt setzte sich zu mir an den Tisch und gab bereitwillig Auskunft: „Ja, der alte Jakob wohnt hier bei uns. Er ist unser Märchenerzähler."

„Märchenerzähler?", echote ich ungläubig.

„Der Jakob ist ein Freund der Kinder. Ständig sind Dutzende bei ihm. Er tollt mit ihnen herum, streift mit der ganzen Kinderschar durch Feld und Flur und erzählt ihnen immer Märchen und Geschichten, die er selbst erfindet. Wenn ich den Jakob mit den Kindern sehe, dann denke ich oft: Der Jakob ist trotz seines hohen Alters selbst noch das größte Kind."

Ich kam aus dem Staunen nicht heraus. Ich hatte erwartet, einen fast Heiligen zu erleben, vielleicht einen Mönch oder Priester, und nun entpuppte sich Jakob als großes Kind und Märchenerzähler.

Ich berichtete dem Gastwirt von meinem Erlebnis im Hamburger 'Michel', von der Geschichte mit dem Stein und dem Schmetterling.

„Ja, das ist unser Jakob", lachte der Wirt herzhaft. „Vor einigen Jahren kam er in unser Dorf und kaufte einen Rest Hof, den er nun bewirtschaftet.

Er glaubt, dass Tiere, Pflanzen und selbst gar Steine eine Schöpfung Gottes seien und eine Seele hätten. Er spricht mit seinen Hühnern, und Sie können es erleben, dass er über seine Felder geht, mit den Blumen redet, sich gar auf die Erde kniet und sich wie ein kleines Kind über das Wachstum der Pflanzen freut."

Der Wirt machte eine Pause und fügte dann hinzu: „Der Jakob spinnt ein bisschen. Er ist durchaus intelligent, aber total verschroben, ein höchst seltsamer Kauz. Aber er ist harmlos. Er tut bestimmt keinem was. Alle im Dorf mögen ihn. Er ist eben der etwas närrische Märchenerzähler unseres Dorfes. Amüsant, ein bisschen verwirrt, aber harmlos."

Nun war ich noch viel mehr darauf erpicht, Jakob persönlich kennen zu lernen. Der Wirt hatte mir den Weg zu seinem kleinen Hof genau beschrieben, und dort traf ich Jakob in seinem Garten. Er kniete in einem Gemüsebeet, streichelte einzelne Pflanzen und schien mit ihnen zu sprechen.

Er war keineswegs beschämt darüber, dass ich ihn dabei beobachtete. Die Verlegenheit war vielmehr bei mir, als ich ihn stammelnd begrüßte, seine Ansprache in der St. Michaelis-Kirche erwähnte und meinen Wunsch vorbrachte, ihn persönlich kennen lernen zu wollen.

Seine Augen sahen mich mit der mir schon bekannten heiteren Gelassenheit an. „Schön, dass Sie da sind. Ich habe schon auf Sie gewartet. Kommen Sie, wir setzen uns dort unter den Birnbaum, dann können wir ein wenig plaudern."

„Sie haben mich schon erwartet?", platzte ich staunend heraus. „Haben Sie mich im 'Michel' gesehen? Und selbst wenn, woher konnten Sie wissen, dass ausgerechnet ich, einer von über zweitausend Zuhörern, Sie besuchen würde?"
„Das werden Sie selbst herausfinden. Ich wusste, dass Sie eines Tages zu mir kommen würden", sagte er so bestimmt als wäre es eine felsenfeste, selbstverständliche Tatsache und strahlte mich nur weiter mit seinen blauen Augen an.

Ich war im Höchstmaß verwirrt. Irgendetwas in mir regte sich, wollte mir etwas sagen, das ich nicht verstand. Dieses unbestimmte Gefühl verunsicherte mich zusätzlich, machte mich verlegen und hilflos. Um diese Unsicherheit zu überspielen, redete ich darauf los, erzählte von meinem Leben, sprudelte wie ein Wasserfall. Und er hörte einfach zu, sehr aktiv und half nur mit einer kurzen Frage oder Bemerkung nach, wenn ich ins Stocken geriet oder etwas unklar blieb.

Plötzlich ertappte ich mich dabei, dass ich diesem höchst seltsamen, mir völlig unbekannten Mann persönliche Dinge anvertraute, die ich nie zuvor jemandem erzählt hatte, selbst meiner Frau nicht. Doch dies störte mich längst nicht mehr. Ich erzählte Jakob alles, nein fast alles aus meinem Leben, von meinen beruflichen Erfolgen und meiner inneren Unzufriedenheit. Von meiner Suche, wobei ich gar nicht wusste, was ich suchte.

Schließlich endete ich: „Ich weiß auch nicht, warum ich Ihnen dies alles erzählt habe. Es tat einfach gut, alles einmal jemandem beichten zu können. Ich fühle mich nun richtig erleichtert und befreit. Bitte kommentieren Sie nun meinen Lebensbericht nicht."

„Das habe ich auch gar nicht vor", erwiderte der Alte nur freundlich.

Wir schwiegen eine Zeit lang. Dann nahm ich einen erneuten Anlauf: „Eigentlich bin ich gekommen, um Sie kennen zu lernen. Ihre Ansprache im 'Michel' hat mich irgendwie berührt, und nun möchte ich gern wissen: Was steckt dahinter? Was ist das für ein Mensch, der solche Gedanken äußert? Was glauben Sie eigentlich...?"

„Ich glaube überhaupt nichts", entgegnete Jakob einfach als unumstößliche Tatsache.

„Sie glauben nichts?", fragte ich ungläubig. „Aber Sie haben doch im 'Michel' vom Licht in dieser Welt, von Gott in uns, vom 'Gut sein' eines jeden einzelnen Menschen gesprochen, und dann glauben Sie nichts? War denn Ihre Ansprache nur ein gekonntes Schauspiel?"

Der Alte lachte herzhaft. „Gewiss kein Schauspiel. Jedes Wort entsprang der Überzeugung meines Lebens. Doch ich glaube nicht an Gott. Ich weiß Gott. Glauben ist mir zu schwach. Mir geht es um Wissen."

„Aber Glauben bedeutet doch 'nicht wissen'", warf ich zweifelnd ein.

„Ja genau, aber ich weiß doch, dass es Gott gibt. Schauen Sie, wir sagen beispielsweise: 'Ich glaube, dass es morgen regnet.' Wir wissen es nicht genau. Es kann morgen regnen, aber es kann auch die Sonne scheinen. Es ist also Verschiedenes möglich. Es kann also Gott geben oder vielleicht auch nicht. Dann kann ich an Gott glauben und zu ihm beten. Wenn es ihn gibt, dann hilft es vielleicht. Gibt es ihn nicht, kann es auch nicht schaden. Ein solcher Glaube ist mir viel zu schwach. Mir geht es um das Wissen, nicht um rationale Beweise, sondern um ein unumstößliches inneres Wissen, dass es das Licht in unserer Welt gibt. Ein Wissen, das aus emotionaler Intelligenz und aus persönlicher Erfahrung entsteht und festgewachsen ist. Die ersten Christen haben Jesus persönlich erlebt. Sie wussten von seinem Leben und glaubten an ihn, beteten zu ihm. Ihr Glauben beruhte also auf Wissen. Ein solches Wissen müssen wir in unserem eigenen Leben erfahren, ohne Jesus selbst von Angesicht zu Angesicht begegnet zu sein. Jesus hat ja auch nicht nur geglaubt, dass es Gott gibt, er wusste es. Ein solches Wissen muss zum festen Lebensfundament werden. Ich habe dieses in meinem Leben erfahren und deshalb weiß ich um Gott. Deshalb sage ich für mich: Entscheidend ist: 'Glauben wissen'."

Meine Verwirrung war keineswegs geringer, hatte eher eine höhere Stufe des gedanklichen Chaos erreicht. Zugleich war ich extrem neugierig geworden. Welche Erfahrungen hatte Jakob in seinem Leben gemacht, dass er behaupten konnte: 'Ich weiß, dass es Gott gibt.'
Entgegen meiner Gewohnheit erzählte ich ihm von meiner Neugier und bat ihn, etwas aus seinem Leben, von seinen spezifischen Lebenserfahrungen erfahren zu dürfen.

Er willigte sofort ein, und so berichtete mir Jakob, was man ihn zu glauben, zu wissen gelehrt hat.

„Ich bin auf dem Land in einem kleinen Dorf groß geworden. Meine ganze Familie war streng protestantisch. Unsere Großmutter erzählte uns ständig Märchen, auch sehr viele biblische Geschichten. Mit diesen Bildern bin ich groß geworden.

Vor allem die Bibel mit ihren vielen Geschichten, Bildern und Gleichnissen hatte mich von klein auf an fasziniert. Ich habe sie schon als Junge mehrfach gelesen. Als Kind konnte ich an die Bilder der Bibel glauben. Sie waren damals für mich Tatsachen. Doch je älter ich wurde, je mehr ich in der Schule lernte, desto mehr geriet ich in tiefe Konflikte. Ich entdeckte in der Bibel Widersprüche. Vieles stand nicht im Einklang mit den beweisbaren Tatsachen des Lebens. Ich versuchte, die Bibel rational zu beweisen, und stellte zunehmend fest, dass vieles gar nicht stimmen konnte.

Diese Auseinandersetzung faszinierte mich. Ich schrieb in der Schule am liebsten Aufsätze über die Beweisbarkeit der Bibel. Ich löcherte meine Lehrer und unseren Dorfpfarrer mit einer immer wieder erneuten Flut von Fragen.

Und immer wieder saß ich bei meiner Großmutter, stellte Frage um Frage und erhielt Antworten in Bildern, Märchen und Geschichten. Je älter ich wurde, desto mehr zweifelte ich an der Existenz Gottes. Er entfernte sich aus meinem Leben.

Ich war gerade achtzehn Jahre, als meine Großmutter mir wenige Tage vor ihrem Tod zum ersten Mal keine Geschichten erzählte, sondern eine klare, unzweideutige Antwort gab: 'Jakob, du bist ein Suchender. Das ist eine große Gnade. Solange du Gott suchst, bist du in seiner Nähe. Ich kann dir deine Fragen nicht beantworten. Du musst Gott selbst suchen und finden. Höre nie auf zu suchen. Gehe hinaus in die Welt, wandere herum. Folge deiner inneren Sehnsucht. Suche und finde dich selbst. Dort wirst du Gott finden. Aber suche wie ein Kind. Bleibe ein Kind bis ins hohe Alter. Erhalte dir deine Neugierde und Offenheit und bleibe tolerant. Verurteile nie einen Menschen, egal welche Hautfarbe oder Religion er hat. Betrachte alles als Werk Gottes. Verlerne nie das Staunen über das, was du siehst, was dich umgibt, was du erlebst. Bleibe immer ein staunendes Kind voller Neugier, Offenheit, Toleranz.'

Meine Großmutter starb kurz vor ihrem 92. Geburtstag. An ihrem Grab versprach ich ihr, weiter zu suchen und immer zu einem guten Teil ein Kind zu bleiben. Danach habe ich das Grab meiner Großmutter bis heute nicht mehr besucht. Wozu?

Sie war sowieso immer bei mir, lebte in ihren Geschichten in mir fort. Wie Hans im Glück zog ich hinaus in die Welt, um meinen Lebenssinn, das Licht meines Lebens zu suchen.

Es waren wunderbare Lehr- und Wanderjahre, ein Geschenk meiner Großmutter, die mich auf diese Suche geschickt hatte. Zunächst erlernte ich in verschiedenen Städten Deutschlands einen Beruf. Danach habe ich alles Mögliche und Unmögliche getan. Ich verdingte mich als Taubenjäger in Schweden, versuchte mich als Maler in Paris, arbeitete bei der Städtischen Müllabfuhr und brachte es in einer Pappfabrik nach kurzer Zeit bis zum Vorarbeiter. Im Inneren blieb ich ein unbekümmertes Kind, das von seiner Suche immer wieder angetrieben wurde. Ich lebte eine Zeit lang in der Türkei, dann in Prag und Polen und gelangte schließlich in die Sowjetunion, die Weiten Russlands hatten mich magisch angezogen.

Mittlerweile war ich schon Jahre unterwegs auf der Suche. Gott hatte sich dabei immer weiter von mir entfernt, bis er aus meinem Blickwinkel ganz verschwand. Mein suchender Weg wurde immer hektischer, nahm zwanghafte Züge an. Ich eilte immer schneller von Ort zu Ort, ohne wirklich etwas zu finden, erst recht keine innere Befriedigung.

Bis ich dann in dieses kleine Dorf im tiefen Kaukasus gelangte.

Ich hatte in diesem Dorf einige Zeit gearbeitet, um mein Brot für den Aufenthalt und die weitere Reise zu verdienen. Dann wollte ich weiter.

Es gab im Dorf ein kleines herzliches Abschiedsfest, an dem ich jedoch eher teilnahmslos mitmachte. Meine Gedanken waren schon weit fort - im nächsten Dorf. Was mochte hinter dem nächsten Berg sein? Was würde mir die unendliche Steppe bieten?

Da setzte sich ein Mann zu mir, den ich bereits gut kannte. Er war gebürtiger Deutscher. Die Kriegswirren hatten ihn in dieses verlassene Nest verschlagen, und er war ganz einfach für immer hier geblieben.

Er nahm meinen Arm und schlug vor: 'Komm Jakob, wir steigen auf den Berg und schauen uns den Sonnenuntergang an.'

'Ach die Sonne', sagte ich gedankenverloren. 'Den Sonnenuntergang habe ich doch schon Dutzend Mal gesehen.'

'Wirklich gesehen? Ich habe dich immer nur eilig erlebt. Vielleicht hast du einen Blick auf die untergehende Sonne geworfen, aber ich bezweifle, dass du sie tatsächlich gesehen hast.'

Mit diesen Worten zog er mich mit sich fort. Ich folgte ihm widerwillig beim Aufstieg auf den Berg. Oben angekommen, setzten wir uns auf einen großen Stein, schauten der untergehenden Sonne zu und schwiegen.

Nach einer Weile wollte ich mich erheben und fortgehen, doch mein väterlicher Freund hinderte mich daran mit den einfachen Worten: 'Jakob bleib', schaue zu.'

Und ich blieb, ich schaute zu.

Gewiss, ich habe den Sonnenuntergang Hundert Mal gesehen, Dutzend Mal war ich auf diesem Berg gewesen, aber wirklich gesehen hatte ich nichts.

Nun sah ich den glutroten Ball der Sonne langsam herabsinken, entdeckte plötzlich einen Adler, der seine weiten Kreise zog und das Sonnenfeuer zu durchqueren schien.

Nun berührte der glühende Ball einen Berggipfel, riss die Konturen scharf heraus. Darunter, im Tal, war es bereits dunkel. Ein gegenüberliegender Berggipfel wurde plötzlich in ein feuriges Licht gekleidet. Er strahlte glühend rot wie ein übergroßer feuriger Diamant.

Plötzlich vernahm ich, wie das Zwitschern der Vögel erstarb, das Zirpen der Grillen für eine Zeit lang aussetzte. Die Dunkelheit breitete sich immer stärker aus, hüllte uns in friedliche Ruhe ein.

Wir beschlossen, die Nacht auf diesem Berg zu verbringen. Ich habe wenig geschlafen und in dieser dunklen Nacht viel mehr von dem Berg und der Landschaft erfahren als bei hellem Sonnenlicht in vielen Tagen zuvor. Und ich erlebte einen Sonnenaufgang, der mich atemlos schweigen und ganz einfach schauen und kindlich staunen ließ.

Später meinte mein Begleiter: 'Jakob, du bist ein Suchender. Doch dabei läufst du so schnell, dass du nichts sehen, also auch nichts finden kannst. Du suchst das Einzigartige, das ganz Spektakuläre. Du glaubst, in den ganz großen Dingen der Welt etwas zu finden, und bist immer nur enttäuscht. Das Wunderbare steckt aber in dem Kleinen. Wesentliches findest du in dem Einfachen, in dem, was dich im Alltag umgibt. Bleibe noch eine Zeit lang in unserem Dorf. Schaue einfach zu und erfreue dich an den kleinen Dingen, die du siehst.'

Ich blieb noch viele Monate in diesem Dorf. Unter der Anleitung meines väterlichen Freundes lernte ich das Wesentliche im Alltäglichen zu entdecken.

Ich musste erleben, dass ich in einem Türbalken des Hauses, in dem ich wohnte, einen deutschen Segenssspruch zuvor tatsächlich nie gesehen hatte. Ich entdeckte Blumen, Gräser, Bäume, und je mehr ich mich ihnen zuwandte, desto wunderbarer und einzigartiger wurden sie. Ich ging mit nackten Füßen über den frisch gepflügten Acker und fühlte die Kraft des Bodens in mir aufsteigen. Ich sah, dass Steine viele Gesichter haben, und erkannte, dass in allem, was da war, Leben ist. Und ich lernte, mit diesem Leben zu sprechen. Ich erlebte das ungeheure Schnelle der Langsamkeit, die große Gnade des Alltäglichen, die einzigartige Kraft des Kleinen.

Bei meinem Abschied aus dem Dorf und von meinem weisen Lehrer wusste ich, ich hatte vieles gefunden, gleichwohl war meine Suche nicht beendet. Als ich mich bei meinem väterlichen Freund mit einem herzlichen Dank verabschieden wollte, unterbrach er mich: 'Jakob, ich habe dir zu danken. Ich durfte dir etwas zeigen, dich etwas lehren. Damit hast du mir selbst die Chance zum Lernen gegeben. Das ist übrigens das Geheimnis der Handwerksmeister in Deutschland: Sie lehren den Jugendlichen ihr Handwerk und lernen selbst dabei. Wir können nur wirklich lernen, wenn wir selbst lehren. Die alten Meister wissen es. Sie brauchen dafür keine wissenschaftlichen Beweise. Sie tun es einfach, und deshalb haben sie durch all die turbulenten Jahrhunderte Bestand. All das Große und Schnelle vergeht. Industriegiganten und Konzerne kommen und gehen, aber die Handwerksmeister dauern. Immer wieder ist es das Kleine, das eher Unscheinbare, das wirkliche Kraft aufweist und die Fackel des Lebens weiter trägt. Jakob, folge den Meistern und lerne zu wissen ohne Beweise.'

Ich machte mich auf den Weg, den Meistern zu folgen und wirkliches Wissen zu lernen. In meine Heimat zurückgekehrt, absolvierte ich ein Studium. Seltsam, die Schule war mir eher schwergefallen. Das Studium fiel mir nun recht leicht und war eine große Freude. Je mehr ich in neue Wissensgebiete eindrang, je selbständiger und freier ich forschen und arbeiten konnte, desto größer wurde mein Glück. Die Grenzen zwischen Freizeit sowie Studien- und Forschungsarbeit wurden fließend. Das Leben entpuppte sich für mich als wunderbares Abenteuer, ein Spiel, so ernsthaft wie Kinderspiele, und ich selbst konnte mitspielen, das Spielfeld vergrößern oder verkleinern, neue Spiele entdecken. Meine langen Lehr- und Wanderjahre hatten mich mehr gelehrt als die vielen Schulbücher. Und immer intensiver kam für mich die Zeit, selbst zu lehren und damit Wissen zu lernen.

Ich nahm wieder Kontakt mit meinem alten Lehrmeister auf. Er war mittlerweile hoch in den Achtzigern. Immer wenn ich ihn besuchte, überfiel er mich mit Fragen: Was ich Neues gelernt hätte? Was ich von der politischen Entwicklung hielt? Wie ich neue Erfindungen beurteilte? In diesem hohen Alter war mein Meister voller Neugier, Lebendigkeit und Wissbegier. So konnte ich ihn einiges lehren, um damit selbst von seiner Lebensklugheit zu lernen.

Ich hatte meinen alten Meister lange Zeit nicht gesehen, als er eines Tages bei mir anrief und einfach nur feststellte: 'Jakob, du musst sofort kommen'. Danach hatte er den Hörer einfach aufgelegt, meine Antwort gar nicht abgewartet.

Keine Frage, ich fuhr sofort zu ihm.

Er berichtete mir, dass seine Frau seit einigen Wochen im Krankenhaus sei, und bat dann: 'Jakob, begleite mich ins Krankenhaus, ich will mich von meiner Frau verabschieden. Ich bleibe dann gleich im Krankenhaus, denn ich will nun sterben.'

Ich war sprachlos.

'Jakob, du schaust mich an, als hätte ich den Verstand verloren', meinte er vergnügt. 'Keine Angst, ich bin geistig klar wie immer, vielleicht viel klarer als je zuvor.'

'Aber du kannst doch nicht einfach glauben, du müsstest jetzt sterben', stammelte ich aufgeregt.

'Ach Jakob, mein Junge, was bist du doch für ein kleingläubiger Geist. Ich muss nicht sterben, ich will sterben, denn ich weiß, dass meine Zeit gekommen ist.'

Ich erfand verzweifelt alle möglichen Gründe dagegen. Doch mein alter Meister zog mich auf einen Stuhl mit den Worten: 'Jakob, setz dich hin. Ich will es dir ein letztes Mal erklären. Ich habe ein sehr erfülltes Leben gehabt. Ich bin Gott für jede Minute dankbar. Es war ein gutes Leben. Doch nun gehe ich heim. Ich habe keine Angst, keine

Schrecken. Ich weiß, was mich erwartet. Glauben reicht nicht. Ich weiß, dass ich auf Gott vertrauen kann. Er hat mir in meinem Leben immer das genau zum richtigen Zeitpunkt gegeben, was ich gerade brauchte. Dies habe ich hundertfach erfahren. Auf dieses Wissen kann ich vertrauen, fest bauen. Betrachte doch dein eigenes Leben.

Hast du nicht immer genau das bekommen, was du gerade brauchtest? Deine Großmutter, deine Lehrer im Kaukasus, die vielen Menschen in deinem Leben - sie alle sind Boten Gottes. Du hast einen Studienplatz erhalten, als du wirklich reif für das Studium warst. Jahre zuvor wäre es vergeblich gewesen. Selbst dein Autounfall damals direkt nach deiner Lehre war letztlich auch ein Geschenk. Du hattest dich selbst verloren. Du brauchtest Ruhe und Zeit, um nachzudenken, um dich selbst zu finden. Und auch dazu hat Gott dir den heilsamen Zwang geschenkt.

So ist es, Jakob, du darfst wissen, nicht nur glauben, weil du vertrauen kannst. Und nun fahre mich ins Krankenhaus.'

Ich brachte meinen alten Meister ins Krankenhaus, und alles passierte genauso wie es seinem Wissen entsprach.

Er verabschiedete sich liebevoll von seiner Frau mit einem langen Kuss und den Worten: 'Min Lütt, meine Zeit ist nun gekommen. Ich danke dir für jede Minute unseres gemeinsamen Lebens. Es war ein großes Fest. Bald werden wir gemeinsam wieder Wiener Walzer im Himmel tanzen.'

Sie winkte ihm nach, als er das Zimmer verließ.

Ich brachte ihn in das Nachbarzimmer, half beim Auskleiden. Als er schließlich im Bett lag, verabschiedete er mich mit den Worten: 'Jakob, du bist auf der Suche. Du hast dich gefunden. Du hast Gottes Schöpfung und Gnade im einfachen Alltag gefunden. Du hast Wissen gefunden. Suche weiter, und wenn du herausfindest, warum du suchst, dann findest du alles.'

Mein alter Meister war am nächsten Morgen friedlich eingeschlafen. Seine letzten Worte begleiteten mich auf meinem weiteren Weg des Suchens. Lange Zeit, viele Jahre wusste ich nicht, was mein Meister mir mit seiner letzten Botschaft sagen wollte. Doch dies erschütterte mich nicht weiter, denn ich musste nicht nur hoffen und glauben, konnte vielmehr auf das Wissen vertrauen, dass ich die Antwort finden würde.

Und eines Tages trat ein Engel in mein Leben.
Ich erkannte den Engel auf den ersten Blick und

erahnte, dass seine Umarmung mich wirklich in den Himmel führen würde. Dieser Engel war eine einzigartige wunderbare Frau. Die Harmonie ihres Seins, die Größe und Tiefe ihres Wesens nahmen mich gefangen. Sie trat bescheiden auf und doch war sie eine Königin. Sie erschien schwach und doch konnte sie über alle Kräfte verfügen. Sie verkörperte intensive Nähe und lebte doch Distanz.

Ich nannte sie Schmetterling, denn ich wusste, sie war die absolute Liebe. Ich spürte, in ihr und mit ihr würde ich alles finden, was ich suchte. Ich schien nur geboren zu sein, um ihr zu begegnen. Gleichwohl sollte es noch viele Jahre dauern, bis aus meiner Ahnung Wissen wurde, bis ich vollkommene Erfüllung fand.

In all diesen wunderbaren, überaus glücklichen Jahren hatte sie nie etwas von mir gefordert, nie gesagt, was ich zu tun hätte. Sie schenkte mir die größte eigenständige Freiheit, für mich zugleich die intensivste Bindung. Die geschenkte Freiheit verlangte von mir Verantwortung, der ich nicht gerecht werden konnte. Gleichwohl gab es von ihr weder in Worten noch in Gedanken Kritik. Sie beließ mich wie ich war, mit all meinen Schwächen und den wenigen Stärken. Überhaupt hatte sie Worte kaum nötig, sie war einfach da, füllte alles aus.

Ihr 'so sein' prägte mich mehr als alle Erfahrungen und Lehren in meinem Leben zuvor. Durch ihr Sein wuchs in den vielen Jahren des Miteinanders in mir die Erkenntnis, was mein alter Meister mit seinen letzten Worten sagen wollte: 'Erst wenn du weißt, was du mit dem, was du suchst, anfangen willst, wirst du finden können.'

Ich war auf der Suche nach Gott und hatte erkannt: Gott ist die Liebe. Was wollte ich mit dieser Liebe anfangen, wenn ich sie finden würde? Mit meinem Schmetterling hatte ich 'eigentlich' die Liebe gefunden und konnte doch nicht in ihrer Vollkommenheit aufgehen, weil ich nicht wusste, warum ich die Liebe wollte.

Wenn wir in unserem Leben etwas Bestimmtes suchen, haben wir oft ein Ziel. Wir werden dieses

Ziel jedoch nie erreichen, wenn wir nicht wissen, warum wir dieses Ziel wollen, was wir nach der Zielerreichung mit unserem gefundenen Schatz wirklich tun wollen. Göttliche Lenkung und unerschöpfliche Kraft wachsen nicht aus unseren Zielen, sondern aus unseren Motiven, aus unserem Verlangen, was wir nach der Zielerfüllung mit dem Erreichten in unserem Leben verwirklichen wollen.

So weit war ich nun gekommen, konnte gleichwohl diesen meinen Glauben, die rationale Begründung nicht in festes Wissen umwandeln. Mein Schmetterling lebte dieses Wissen aufrichtig, ohne sich damit selbst zum Maßstab zu machen. Mit dieser Orientierung musste ich selbst herausfinden, was ich mit meiner Suche bezweckte. Und ich fand es heraus.

Ein in mein bisheriges Leben tief einschneidendes Ereignis zog mich vollständig aus dem Verkehr, zwang mich zu radikalen Änderungen meines Lebens und ließ mich alles finden, was ich suchte. Von diesem Moment an wusste ich genau, was ich wirklich wollte, was ich mit meiner Suche bezweckte, was ich mit dem Gefundenen anfangen wollte.

Dieses letzte Geheimnis war einfach, lächerlich einfach. Es lag während meines gesamten Lebens so nahe bei mir, dass ich es mit meinem sehnsüchtigen Blick nach Weite und Ferne übersehen hatte. Die Wahrheit ist letztlich immer einfach, genial einfach. Und gerade in dieser absoluten Einfachheit liegt die extrem große Schwierigkeit, die Wahrheit zu erlangen.

In dem Moment, als ich den Zweck meiner Suche erkannte, musste ich lange und herzhaft lachen. Eine Last fiel von meinen Schultern, ich fühlte mich frei und unbeschwert. Plötzlich war das Tor zum Glück meines Lebens weit einladend geöffnet, lag der Weg der Liebe so einfach und selbstverständlich vor mir, dass ich ihn mit größter Erfüllung beschreiten konnte. Und je intensiver ich auf diesem Weg ging, desto intensiver ist bis heute mein Lebensglück."

Jakob hatte seinen Bericht damit beendet, wie das Licht in sein Leben trat. Die Fülle der Informationen, die teilweise irrwitzigen Gedanken, seine schier abenteuerliche Beweisführung hatten mich fast erschlagen. Zugleich beherrschte mich ein festes Gefühl, dass irgendetwas an diesem Bericht nicht stimmte, irgendwas hatte Jakob unterschlagen, und dies musste mit mir zu tun haben.

Doch ich kam gar nicht dazu, ihn danach zu fragen. Beladen mit einer Einkaufstasche kam eine attraktive Dame in den Garten und ging in Richtung des Wohnhauses. Als sie uns unter dem Birnbaum sitzen sah, änderte sie ihren Weg. Jakob stellte uns vor. Er nannte sie Motyl und erklärte an mich gewandt: „Motyl ist polnisch und bedeutet Schmetterling. Ich habe Ihnen bereits viel von ihr erzählt."

Motyl sah zwar nicht wie ein Engel aus, aber sie war wirklich eine bemerkenswerte Frau. Ich war auf den ersten Blick von ihr gefangen, und ich konnte auf Anhieb selbst gar nicht sagen, was mich so faszinierte. 'Innen wie außen' ging es mir durch den Kopf. Ihre innere Kraft, Klarheit und Wärme entsprach ihrer gesamten Erscheinung. Vielleicht war es diese faszinierende Ausstrahlung einer fast einmaligen Ganzheitlichkeit, die, gepaart mit ihrer ausgesprochenen Attraktivität, mich zu den Gedanken verführte: 'Diese Frau muss man lieben. Ich weiß gar nicht, was sie an diesem alten, seltsamen Jakob überhaupt finden und binden kann.'

Ich spürte, dass die beiden allein sein wollten. Ich hatte durch die lange Erzählung des Alten meinen Besuch auch bereits über alle Gebühr ausgedehnt. Doch da war immer noch die bohrende Frage in mir: Was stimmte an Jakobs Lebensbericht nicht?

Mein Verstand riet mir, diese Frage unbeantwortet zu lassen und schnell fortzugehen. Doch mein Gefühl verlangte danach, meine Flucht vor der Wahrheit zu beenden. Mein Gefühl siegte, denn ich hörte zu meinem eigenen Erstaunen mich selbst sagen: „Jakob, Sie haben mir viel und sehr persönlich von Ihrem Lebensweg erzählt. Ich habe davon gelernt, wie Sie darauf vertrauen können, immer genau das zu bekommen, was Sie gerade brauchen. Ich kann nachvollziehen, was Sie zu glauben gelehrt hat. Es gibt nun vieles für mich zum Nachdenken. Doch etwas ist noch unbeantwortet. Entschuldigen Sie, dass ich Ihnen auch noch diese Frage stelle. Ich habe das Gefühl, dass irgendetwas an Ihrem Lebensbericht nicht stimmt. Verbergen Sie mir irgendetwas, das vielleicht sogar mit mir zu tun hat?"

Die heitere Gelassenheit verschwand aus seinen Augen. Mit tiefer Ernsthaftigkeit sah er mich nun an. Dann schaute er mir zum ersten Mal nicht mehr fest in die Augen, sein Blick ging in eine unbestimmte Ferne, als er antwortete: „Ihr Gefühl trügt Sie nicht. Ich habe Ihnen etwas verschwiegen, das hat wirklich mit Ihnen zu tun."

„Mit mir?", platzte ich dazwischen.
„Ja, mit Ihnen. Erinnern Sie sich, wie ich Ihnen

zu Beginn unseres Gespräches sagte: 'Ich habe auf Sie gewartet. Ich wusste, dass Sie zu mir kommen würden'?"

„Ja genau" bestätigte ich „und Sie meinten, ich müsste es selbst herausfinden. Was um alles in der Welt muss ich herausfinden?"

Jakob schwieg lange und begann dann zunächst zögernd, schließlich jedoch mit klarer und fester Stimme: „Ich habe Ihnen erzählt, dass ich vor einiger Zeit vollständig aus dem Verkehr gezogen wurde. Ich habe zwei Jahre im Gefängnis gesessen - schuldlos. Ich war nur ein harmloser Passant, der zufällig in der Nähe des Ortes eines Überfalles war und der dem Niedergeschlagenen zur Hilfe eilte."

Bei diesen Worten zitterte ich am ganzen Körper. Ich wollte aufspringen und fortrennen. Doch meine Beine versagten den Dienst. Ich suchte Halt und umklammerte fest die Armlehnen des Sessels, in dem ich saß.

Dann fielen in dieses mich so überaus belastende Schweigen wie peitschende Schüsse seine Worte: „Ich war schuldlos. Sie waren der Täter."

Hitze- und Kältewellen jagten durch meinen Körper. Tränen traten in meine Augen. Mein Blick irrte umher. Jakob konnte ich nicht in die Augen sehen. Ich streifte Motyls Gesicht, ihr liebevoller Blick hielt mich fest, als ich stammelte: „Ja, ich war damals so jung..., ich studierte..., bettelarm..., hatte kein Geld..."

Zwischen Jakobs Augen erschien eine tiefe Zornesfalte. In seinen Augen blitzte kurz wütender Ärger auf, dann blieb darin nur eine unsagbare Traurigkeit zurück. Diese Traurigkeit traf mich noch viel härter und tiefer als alle Worte zuvor. Ich konnte es nicht mehr ertragen, verlor meinen letzten Halt und brach schluchzend in meinem Sessel zusammen.

Ich schämte mich meiner Tränen, doch ich konnte mich selbst nicht mehr beherrschen. Mit dem Tränenmeer flossen jahrelang aufgestaute Schuld und Schmerzen aus mir heraus, und die Schmerzen waren so groß, dass der Tränenstrom nicht versiegen wollte.

Ich hatte gar nicht mitbekommen, dass Jakob den Platz unter dem Birnbaum verlassen hatte. Ich spürte nur, dass Motyl mich umarmte, meinen Kopf wie ein kleines Kind an ihrer Schulter barg, mich hielt und weinen ließ.

Sehr viel später, als ich mich etwas beruhigte und wieder gefangen hatte, kochte Motyl im Haus Kaffee, den sie mit dem Alten hinausbrachte.

„Es tut mir zutiefst leid, was ich Ihnen angetan habe", wandte ich mich an Jakob. „Ich habe mich nicht nur durch den Überfall schuldig gemacht, sondern Ihnen auch noch durch meine Feigheit Jahre Ihres Lebens gestohlen. Ich will für meine Schuld bezahlen. Ich gehe nun gern mit Ihnen zur Polizei, damit der ganze Fall neu aufgenommen werden kann, Sie rehabilitiert werden und ich meine gerechte Strafe erhalte."

„Die Schuld des Überfalls habe ich durch die Gefängnisstrafe gesühnt", sagte Jakob nun wieder voll heiterer Gelassenheit „und ich will keine Rache."

„Aber Sie haben doch auf mich gewartet, seitdem Sie mich in der St. Michaelis-Kirche als den wahren Täter wiedererkannten."

„Dass Sie eines Tages zu mir kommen würden, habe ich lange Zeit zuvor gewusst, schon während meines Gefängnisaufenthaltes."

Wieder hatte mich der Alte in grenzenloses Staunen versetzt. „Wie konnten Sie das bereits vor Jahren wissen? Sie wussten doch gar nicht, wo ich war. Woher sollten Sie wissen, dass ich ausgerechnet den Mann besuchen wollte, dem ich so übel mitgespielt habe? Ich wusste ja selbst nicht, warum ich Sie persönlich kennen lernen wollte. Bis vor wenigen Augenblicken wusste ich nicht einmal, dass Sie es waren, der für mich die Gefängnisstrafe abgebüßt hat."

„Die geistige Energie des 'Gut seins' hat uns zusammengeführt", erklärte der Alte schlicht.

„Geistige Energie des 'Gut seins'?", fragte ich ungläubig.

„Ja", antwortete Jakob. „Das Wissen um die Kraft des 'Gut seins' verdanke ich dem Gefängnisaufenthalt. Insofern müsste ich Ihnen eigentlich dankbar sein, dass ich Ihre Strafe verbüßen musste.

Damals gingen der Überfall, meine Verhaftung und schließlich meine Verurteilung durch alle Medien. Im Geschäft war ich sofort erledigt. Meine Bekannten und selbst viele meiner Freunde wandten sich von mir ab. Sie glaubten an meine Schuld, die Indizien sprachen gegen mich. Im Gefängnis war ich verzweifelt, voller Hass auf Sie und auf die

Ungerechtigkeit der Welt. Ich schmiedete nur Rachepläne und sann fortwährend darüber nach, wie ich Sie suchen und zur Strecke bringen wollte, wenn ich das Gefängnis wieder verlassen durfte. Und je schrecklicher meine Rachegelüste, je tiefer mein Hass wurden, desto schlechter ging es mir selbst.

Alle hatten sich von mir abgewandt. Nur Motyl hielt ohne jegliches Zögern zu mir. Sie besuchte mich zu jeder nur möglichen Gelegenheit im Gefängnis. Sie gab mir keine Erklärungen, keine Ratschläge. Sie redete mir meine Rache nicht aus, kämpfte nicht gegen meinen Hass. Sie war einfach nur da und schenkte mir durch ihr Sein die Erkenntnis des absoluten 'Gut seins' in ihr.

Da ich außerdem im Gefängnis viel Zeit zum Nachdenken hatte, machte ich die Entdeckung, dass wir häufig in unserem Leben Gefühle zulassen, die uns in die Irre leiten. Wir haben Angst, wir hassen, sind missgünstig und neidisch, intolerant oder verurteilend. Wir übersehen uns dann selbst und entdecken nur die Fehler bei anderen und die Bedrohungen der Welt. Wir entwickeln schnell Ideen und Theorien, was man machen sollte, was die Welt retten kann, was andere falsch machen und wie es richtig zu tun ist. Aber damit helfen wir niemandem – am wenigsten uns selbst.

Ich habe zunächst immer nur Ihre Übeltat gesehen, mich in Zorn und Wut hineingesteigert und alles Mögliche erfunden, was Sie hätten tun sollen, welche Strafe Sie hätten erhalten müssen. Dabei habe ich mich nie gefragt, was dies mit mir zu tun hat. Es war doch kein Zufall, dass ich ausgerechnet in dieser Nacht am Ort des Überfalls war, kein Zufall, dass die Polizei, die Richter, meine Freunde, dass sie alle irrten und nur ich allein im Recht war.

Wir beide mussten uns treffen. Ich brauchte Sie und Sie brauchten mich.

Wenn wir einmal in unser eigenes Leben schauen, werden wir feststellen, dass unser Leben bei allen Höhen und Tiefen, bei allen Ängsten und Hoffnungen eine Grundnatur des unverfälschten 'Gut seins' aufweist. Wie wollen wir anderen helfen, die Welt retten, wenn wir selbst nur jämmerliche Kreaturen sind und das eigene 'Gut sein', das in jedem Menschen wohnt, nicht entdecken und leben?

Es gibt keinen anderen Weg, als bei uns selbst anzufangen, das eigene absolute 'Gut sein' in sich zu entdecken und seiner Mitwelt dann anzubieten.

Durch Motyls Vorbild, durch ihr 'Gut sein' entdeckte ich im Gefängnis mein eigenes 'Gut sein'. Schließlich konnte ich auch meinen Hass auf Sie, meine Rachegelüste überwinden. Ja, ich lernte sogar Sie als Menschen zu achten. Ich schickte Ihnen gute Gedanken, und je liebevoller ich mich Ihnen zuwandte, desto besser ging es mir selbst, desto mehr floss die Liebe zu mir zurück.

Dieses 'Gut sein' ist wie ein Energiesystem. Die liebevollen Gedanken und guten Taten der einzelnen Menschen vereinigen sich zu einem kraftvollen Energiestrom, der bei anderen Menschen Gutes bewirkt, und je mehr Menschen im 'Gut sein' denken und handeln, desto besser wird die Welt.

Ich weiß, dies alles hört sich für einen rationalen Naturwissenschaftler wie Sie wie unmögliche Fantastereien an. Aber sehen Sie doch das Ergebnis an sich selbst: Meine guten Gedanken, die ich Ihnen jahrelang schickte, haben Sie schließlich zu mir geführt, damit Sie sich Ihrer Schuld bewusst werden und sich davon befreien konnten.

Das 'Gut sein" in Ihnen wurde gestärkt. So blieben Sie nicht länger feiger Deserteur, sondern kämpften letztlich den guten Kampf Ihres Lebens. Wir beide brauchten einander. Sie brachten mich ins Gefängnis, damit ich das 'Gut sein' in mir entdecken und allein dadurch Motyl wirklich finden und lieben konnte. Und Sie brauchten mich, damit Sie über Jahre mit sich ringen und letztlich den guten Kampf kämpfen konnten.

Dieses 'Gut sein' in uns heißt Gott, und Gott ist die Liebe. Das ist das ganze Geheimnis."

Wir haben noch bis in die Tiefe Nacht hinein unter dem Birnbaum gesessen und miteinander gesprochen. Zum Abschied umarmten mich Motyl und Jakob liebevoll.

Seit diesem denkwürdigen Tag sind wieder Jahre vergangen. Leider habe ich wenig Zeit, Motyl und Jakob zu besuchen. Neben meinem sicherlich aufreibenden Beruf engagiere ich mich bei der Betreuung und Hilfe für ehemalige Straftäter, um ihnen den Weg zurück zu erleichtern. Doch in jeder freien Minute zieht es mich wieder zu den beiden auf ihren kleinen Bauernhof in der Heide. Jakob erzählt immer noch Märchen. Wir sind Freunde geworden. Wir achten uns.

Doch Motyl steht mir noch näher.

Vieles, längst nicht alles, was Jakob mir damals erzählte, kann ich heute verstehen und versuche es nachzuleben. Nur in einem irrte Jakob vollständig: Motyl ist kein Engel mit nur einem Flügel. Sie ist ein wirklich vollkommener Engel. Immer, wenn sie mich zur Begrüßung oder zum Abschied umarmt, spüre ich beide Flügel genau und fliege dann für einen Moment direkt in den Himmel.

Das ist die ganze Geschichte von Jakobs Glauben, Pardon, Jakobs Wissen. Der Pfarrer meiner Heimatkirche Maria Grün hat mich gebeten, im Rahmen der Glaubenswoche, die unter der zentralen Frage steht: „Was glauben Sie eigentlich...?" darüber zu erzählen, was man mich zu glauben gelehrt hat. Ich bin noch längst nicht so weit, durch meine eigene Geschichte andere etwas lehren zu können. Deshalb habe ich nun die Geschichte von Jakobs Wissen aufgeschrieben.

Sternenhöhlen

Jürgen Hogeforster (Text)

Horst Wolniak (Graphik)

Ich hatte mich in meinem Leben immer darauf verlassen können, dass ich zum rechten Zeitpunkt genau das bekam, was ich brauchte. Aus vielen kleinen, aber auch einigen einschneidenden Erlebnissen hatte ich erfahren: die Welt meint es grundsätzlich gut mit mir. Und ich war in diese Welt hineingesetzt worden, um mit Hilfe dieses Gutseins das Gute in mir selbst zu entdecken. Rechtzeitig gab mir die Welt stets Signale und Hinweise, wenn mein Lebensweg an einem entscheidenden Wendepunkt an-gelangt war und es darauf ankam, eine neue Richtung einzuschlagen. Diese Erfahrungen haben mir in Jahrzehnten Urvertrauen und Sicherheit gegeben. Keine trügerische Sicherheit, einfach abzuwarten, was geschah, und ergeben dem Schicksal seinen Lauf zu lassen. Im Gegenteil, das erfahrene Urvertrauen ermöglichte und verlangte von mir eine höchst aktive Rolle, mich voll in das Abenteuer des Lebens hineinzustürzen, auch schier unmögliche Lebenswege einmal zu wagen, denn da war die feste Sicherheit, zum richtigen Zeitpunkt den entscheidenden Hinweis zu erhalten, um mich nicht zu verirren und weiter zu kommen.

Ich musste nur mit offenen Augen neugierig und vorurteilslos durch die Welt gehen, um ihre Signale nicht zu übersehen. Ich musste mich selbst bewegen, mich in die Turbulenzen des Lebensflusses hineinstürzen, um dem Leben eine Chance zu geben, mich nicht zu übersehen. Wenn ich mich in einem Kämmerlein vergraben hätte, würde das Leben mich nicht entdecken können, an mir vorübergehen. Wenn ich dagegen sämtliche Höhen und Tiefen des Lebens auskostete, alle möglichen Wege aktiv ausprobierte, bestand die größte Chance, vom Leben entdeckt zu werden und selbst auch die Signale und Möglichkeiten meines Lebens zu entdecken.

Ja, ich hatte mich immer darauf verlassen können, dass die Welt es gut mit mir meint.

Eigentlich wusste ich nie so richtig, wohin mein Lebensweg mich führen sollte. In meiner Jugendzeit, nach dem Schulbesuch gab es zwar einige Traumberufe, die ich ergreifen wollte, doch Ausbildungsplätze waren ein großer Mangel, erst recht in meinen Traumberufen.
So erlernte ich den Beruf, zu dem ich eine Lehrstelle erhalten konnte, in der Gewissheit, es wäre ein Umweg, doch Umwege vermehren die Ortskenntnis.
Erst nachher stellte sich heraus, ich hatte den für mich genau richtigen Berufsweg eingeschlagen, denn später ergaben sich an diesem Weg viele Chancen und Verzweigungen, die ich zu Beginn gar nicht sehen konnte.

Wäre ich stehen geblieben, hätte ich abgewartet und mich in Jammern und Klagen ob der Ungerechtigkeiten in der beruflichen Ausbildungswelt erschöpft, hätte ich nie und nimmer die Chancen entdecken können.

Doch meine berufliche Ausbildung schien zunächst eine Sackgasse zu sein. Denn nach Abschluss der Lehre geriet ich in die Arbeitslosigkeit, weil ausgerechnet in diesem Wirtschaftsbereich massiv Arbeitsplätze abgebaut wurden.

So begab ich mich auf Reisen, verdiente meinen Lebensunterhalt mit zahlreichen Jobs, war lange Zeit im Ausland und lernte auf dieser Wanderschaft mehr als mir je eine Schule oder Universität vermitteln könnte.

Danach taten sich neue Chancen für mich auf. Zuvor war wohl noch nicht die rechte Zeit dafür gewesen. Nun war die für mich passende Qualität der Zeit gekommen, und ich konnte wohlgemut neue Wege beschreiten.

Ebenso ist es mir in den vielen Jahren danach ergangen. Sechsmal habe ich nicht nur die Stellung, sondern meinen Beruf vollständig gewechselt, etwas ganz Neues begonnen. Manchmal erfolgte dieser Wechsel schier willkürlich auf einem besonders erfolgreichen Abschnitt meiner Berufskarriere. Ich hatte dann ganz einfach das Gefühl, dass ein Festhalten am momentanen Erfolg einen Misserfolg in der Zukunft bedeuten könnte.

Ob des Erreichten hätte ich eigentlich zufrieden sein können, doch die Welt zeigte mir ungeahnte Möglichkeiten, Wege, die ich nicht kannte, die mich zu meinem Erstaunen, oft zum Kopf schüttelnden Entsetzen meiner Umwelt in neue Richtungen führten.

So verlief mein Lebensweg über viele Höhen, manchmal auch durch ein tiefes Tal, immer voller spannender Erlebnisse und Neugierde, was sich hinter der nächsten Wegbiegung wohl verbergen mochte. Bei all den Verzweigungen, Umwegen und abenteuerlichen Pfaden schien mir der Zickzackkurs meines Lebens gleich einem inneren Kompass einer Richtung zu folgen, von der ich nicht wusste, wohin sie führte. Diese Schlängelpfade um meinen Lebenskurs herum hatten mich schließlich in eine angesehene Managementposition geführt.

Mittlerweile war in meinem Leben der späte Nachmittag angebrochen, und ich sollte mich eigentlich anschicken, ruhig in den Lebensabend hineinzugleiten. Ich konnte mit dem Erreichten zufrieden sein.

Doch je mehr diese Zufriedenheit von mir Besitz ergriff, desto mehr spürte ich sie als Fessel, die mir Antrieb, Neugierde und Offenheit raubte.

Die Erfahrungen meines Lebens waren reicher Schatz, aber auch Bürde, die den Horizont verengte. Zunehmend erstarrte mein Leben. Ich selbst führte mich als Stein, der bei seiner Geburt von einem mächtigen Felsen abgebrochen und in den Fluss des Lebens gefallen war.

Voller scharfer Kanten, bot dieser Stein dem Wasser zunächst viele Angriffsflächen, wurde im Strudel des Lebensflusses hin und hergerissen, gegen andere Steine geschleudert, verlor dabei allmählich seine Kanten, wurde geschliffen. Rund und bar jeder Angriffsflächen, sank dieser Stein auf den Grund des Wasserlaufes, während der Fluss des Lebens darüber hinwegging.

Geblieben war meine heitere Gelassenheit, gelassen aus der Gewissheit: die Welt meint es gut mit mir und würde mir zur rechten Zeit die richtigen Signale geben.

Doch erreichter Wohlstand und materielle Sicherheit hatten meine Sehschärfe getrübt. Immer häufiger musste ich die Brille aufsetzen, um die Zeichen der Welt noch erkennen zu können. Und es war so angenehm, rund und selbstgefällig im Flussbett zu ruhen, langsam mit Moos überwachsen zu werden, nur hin und wieder von einem Fisch liebevoll angestupst oder von einem anderen, noch kantigen Stein ärgerlich aus der Ruhe herausgeschleudert, schnell wieder einen ruhigen Platz einzunehmen.
Nur das Leben rauschte weiter, und ich war nicht an meiner Mündung des Lebensflusses angekommen, war irgendwo unterwegs liegen geblieben, während immer mehr Geröll und Schutt mich überlagerten, mich zunehmend in Dunkelheit einschlossen und jeden Blick auf die Signale der Welt verstellten.

Eigentlich sollte ich zufrieden sein. Von außen betrachtet, ging es mir doch materiell wirklich gut, ich genoss Ansehen und Sicherheit, konnte beruhigt dem Lebensabend entgegensehen.
Aber gerade diese Situation machte mich innerlich krank, machte schon bald meinen Körper krank. Alle möglichen kleinen und großen Leiden plagten mich. Ärzte nahmen mir die Schmerzen, konnten jedoch die Ursachen meiner Krankheit nicht kurie-

ren. Und wieder war es ein Handwerksmeister, der Hilfe gab und ein unübersehbares Signal aufstellte.

Ungebeten stand eines Tages eine Reisetasche vor meiner Wohnungstür. Darin verbargen sich eine große Matte und allerlei elektronisches Gerät, ein wissenschaftliches Buch sowie ein kurzer Brief des Meisters mit dem Hinweis, ich sollte einmal diese Energiematte ausprobieren, sie würde mir gut tun.
Dem Buch entnahm ich, dass es sich um eine neue biotechnische Entwicklung zur Regulierung und Stabilisierung unserer elektromagnetischen Körperfelder handelte. Lange bevor es Pflanzen, Tiere und Menschen gab, war der Kosmos bereits von elektromagnetischen Feldern durchdrungen. Ohne diese elementaren Kräfte gäbe es die Erde nicht und kein Leben auf ihr. Elektromagnetische Felder sind in uns und in allem und jedem, überall um uns herum - auch im Kosmos ist alles durch diese Evolutionskräfte miteinander verwoben.
Ein gesunder Organismus hat ausreichend Energie gespeichert, um sich gegen jegliche Stressfaktoren zu wehren. Im kranken Organismus aber sind Energiereserven reduziert oder blockiert. Magnet-Resonanzfelder helfen durch Gegenregulation, Störungen zu beheben und damit Gesundheit, Vitalität und Wohlbefinden wieder herzustellen.

Bereits von den alten Völkern lange vor Christi Geburt wird die Anwendung der magnetischen Kraft zum Zweck der Heilung verschiedener Krankheiten und zur Erhaltung der Gesundheit überliefert.

Durch diese neue technische Entwicklung, die mir der Handwerksmeister zugänglich gemacht hatte, sollte nun ein homogenes magnetisches Feld mit vorwiegend körpereigenen Frequenzen erzeugt und in den Körper übertragen werden, um durch die Ähnlichkeit mit der natürlichen Erdinformation den Organismus gesund und vital zu machen.

Es spricht für meine damalige schlechte geistige Verfassung, dass ich diese Energiematte viele Wochen unbeachtet ließ. Früher hätte ich mich mit freudiger Neugier direkt darauf gestürzt, es sofort ausprobiert. Nun beachtete ich dieses Signal monatelang überhaupt nicht. So lange nicht, bis die durch meinen kranken Geist ausgelösten Schmerzsignale meines Körpers nicht mehr zu verdrängen waren.

In einer solchen schlechten geistigen und körperlichen Verfassung fiel mir die Energiematte „zufällig" wieder in die Hände. Ich probierte sie aus, täglich am Morgen und Abend jeweils acht Minuten.

Allein schon die achtminütigen Lebenspausen mit absoluter Ruhe, das vollständige Loslassen von allem, was um mich herum war, und von allem, was mein Leben schwer gemacht hatte, bewirkten bereits nach wenigen Tagen wahre Wunder. In diesen zweimal täglich acht Minuten Meditation fühlte ich mich leicht, aufgehoben und sicher durch die Welt schwebend.

Bestimmt taten die elektromagnetischen Resonanzfelder ihr Übriges, denn schon nach wenigen Wochen gesundete ich an Geist und Körper, konnte immer besser sehen und brauchte kaum noch die Brille, um die Signale der Welt zu erkennen.

Die Energiematte hatte mich aus dem zwar bequemen, jedoch erstarrten Lager am Grund des Flussbettes herausgerissen, von überlagertem Schutt und Geröll befreit und wieder in den Fluss des Lebens gespült. Sie hatte mich aus der todesähnlichen Erstarrung befreit, wieder so beweglich gemacht, dass das Leben eine Chance erhielt, mich zu entdecken. Mir waren Offenheit und Sehschärfe für die Signale der Welt zurückgegeben, denen ich mit heiterer Gelassenheit entgegenschauen konnte.

Und diese Signale kamen.

Zunächst erkannte ich sie nur verschwommen, erahnte mehr neue Verzweigungen meines Lebensweges, als dass ich sie klar übersehen konnte.

Mir ist heute im Nachhinein auch gar nicht so recht bewusst, was der letzte Auslöser war. Ich meine, es war ein Brief. Und damit bin ich bei dem glücklichen Augenblick angelangt, an dem am späten Nachmittag meines Lebens das größte Abenteuer für mich begann.

Eines Tages erhielt ich einen Umschlag mit zwei Briefen, die ich selbst vor einigen Jahren einer älteren Dame geschrieben hatte. Angeheftet war ein kleiner Zettel mit dem nüchternen Hinweis, dass diese Frau gestorben sei und ich vielleicht diese beiden sehr persönlichen Briefe gern zurückerhalten wollte.

Ich hatte diese Frau damals nur für wenige Stunden, die mir wie Minuten vorkamen, an einem Abend in einer lärmenden Gaststätte getroffen. Vom ersten Augenblick an waren wir uns so nahe gekommen, dass die gesamte Welt um uns herum in Bedeutungslosigkeit versank. Uns verband eine solche Intensität, die ich zuvor nie erlebt und für möglich gehalten hatte. Diese, auf den ersten Blick eher unscheinbare Frau besaß einen wunderbaren, manchmal beißenden Witz, eine unergründlich tiefe Lebensklugheit und eine erschreckende, fast verletzbare Direktheit.

Vielleicht war uns beiden irgendwie bewusst, dass wir nur diesen einen Abend miteinander und gemeinsam keine Zukunft hatten. So erlebte ich in diesen wenigen, schaurig schönen Stunden mit ihr wesentlich mehr als mit anderen Menschen in vielen Jahren. Unsere Seelen sprachen miteinander.

Ihre Fragen waren gezielt und direkt und sprachen die intimsten Dinge meines Lebens an, die ich nie einem anderen Menschen offenbart hätte. Bei ihr waren jedoch Ausflüchte oder Lügen undenkbar. Es gab nur die Möglichkeit, aufzustehen und wegzugehen oder mit der Wahrheit zu antworten. Ich entschloss mich für die Wahrheit und brauchte für meine Antworten nur wenige Worte, denn die Wahrheit ist zwar manchmal schmerzlich, letztlich aber immer sehr einfach.

An diesem Abend traf jede ihrer Fragen zielsicher ins Schwarze, traf die wunden Punkte in meinem Leben, die ich bislang so sorgsam versteckt hatte. Gleichwohl fühlte ich mich nie entblößt oder in die Enge getrieben. Ihre Antworten waren Feststellungen, so klar und treffend, dass sich dazu jeder weitere Kommentar erübrigte und mir nur ein bestätigendes Nicken blieb.

Sie führte mich auf den wahren Kern meines Selbst zurück und ließ mich Dinge in meinem Leben anschauen, die ich aus Angst vor Schmerz nie berührt hatte. Nun schaute sie mich mit ihrem Herzen an, nahm mich liebevoll auf, und schon bald brauchten wir keine Worte mehr, um das Wesentliche zu erkennen und auszutauschen.

Ich fragte mich, was diese fremde Frau mein Leben anging, und erzählte ihr alles. Ich hasste und ich verehrte sie, fühlte mich frei und von ihr gefangen. Ich wollte weglaufen und konnte zugleich ihrer Nähe nicht entkommen.

Später habe ich sie nach Hause gebracht und mich an der Wohnungstür verabschiedet. Ich drängte auf ein Wiedersehen. Sie lachte nur. Wir beide wussten wohl, dass es kein Wiedersehen geben würde.

Einige Zeit danach schrieb sie mir einen Brief. Sie hatte einen Artikel von mir in der Zeitung gelesen und wollte mir auf ihre direkte, fast schonungslose Art deutlich machen, dass ich mich auf einem falschen Weg befand. In einem Antwortbrief rechtfertigte ich mein Denken und Handeln, erhielt darauf jedoch keine Antwort. Dann habe ich ihr nochmals ausführlich geschrieben und auch darauf nie etwas von ihr persönlich gehört.
Ich wusste ganz sicher, dass sie den Austausch mit mir gern fortgesetzt hätte. Doch sie hatte einem anderen Menschen ihr Wort gegeben. Dieses einzuhalten, war ihr wichtiger als ich. So haben wir uns nie wiedergesehen, nicht mehr geschrieben.

Nun war diese wunderbare Frau gestorben, und ich hatte meine beiden Briefe zurückerhalten.

Ich kannte nicht einmal das Datum ihres Todestages, konnte an keiner Trauerfeier teilnehmen, an keinem Grab von ihr Abschied nehmen.

Ich hätte es gern getan, denn ich spürte, es gab noch eine Bindung zwischen uns, da war noch etwas Bestimmendes für mein Leben, das noch nicht geklärt war. So war ich in Gedanken an den einzigen Abend mit dieser großartigen Frau gebunden und konnte diese Bindung nicht lösen.

Einige Wochen später saß ich an einem milden Sommerabend am Blankeneser Leuchtturm an der Elbe und versank in der absoluten Schönheit der mich umgebenden Natur. Die friedliche Abendatmosphäre füllte mich aus. Das Plätschern der Wellen begleitete mich meditierend in eine andere Welt.

Schließlich nahm ich die beiden Briefe, die ich ihr geschrieben hatte und stets bei mir trug, aus der Tasche, faltete daraus kleine Schiffe und setzte sie auf die schaukelnden Wogen. Langsam trieben sie davon, genau der glutrot in die Elbe versinkenden Sonne entgegen. Das Wasser schien selbst zum leuchtenden Feuer zu werden, das meine kleinen Schiffe verschlingen wollte. Ein riesiges Containerschiff zog dahin, und in seinen aufschäumenden Wellen wurden meine kleinen Papierboote vom feurigen Wasser aufgesogen.

Immer wenn ich nach diesem Tag die Elbe sah, waren meine liebevollen Gedanken bei dieser einzigartigen Frau, die mir nur einen Abend der intensivsten Gemeinsamkeit schenkte.

Die Erinnerung zauberte dann ein dankbares Lächeln auf meine Lippen, und ich meinte, eine Botschaft von ihr aus einer anderen Welt zu vernehmen, deren Worte ich jedoch nicht hören, deren Sinn ich nicht verstehen konnte. Doch in mir war dann stets die untrügliche Gewissheit, dass ich eines Tages ihre Worte, die aus der Elbe zu mir herüberwehen und aus dem Fluss ihres Lebens entspringen, verstehen werde. Diesem Moment sehe ich mit heiterer Gelassenheit entgegen.

Diese Gedanken der Erinnerung und diese heitere Gelassenheit füllten mich auch aus, als ich Monate später auf der Fahrt ins Hamburger Rathaus auf der Elbchaussee entlang fuhr. Im Rathaus wollte ich an einem Festakt teilnehmen. Ich war ausnahmsweise sehr früh dran, der große Festsaal des Rathauses war erst mäßig besetzt.
Bei derartigen Anlässen bevorzuge ich es, ganz hinten oder irgendwo am Rande zu sitzen, gewissermaßen mit wohltuender Distanz abseits stehend das Geschehen zu verfolgen und die Menschen zu beobachten. Doch dieses Mal hatte man mir extra geschrieben, in einer der ersten drei Reihen Platz zu nehmen, und so begab ich mich widerwillig nach vorn und setzte mich in die fast noch leere dritte Reihe.

Kurze Zeit darauf fiel mir in dem anschwellenden Menschengetümmel ein schlanker, älterer Herr auf. Während alle Männer die Hamburger Einheitskleidung, dunkelgraue oder dunkelblaue Anzüge, trugen, stach er durch eine graugrüne Tweed Jacke und braune Hose hervor.
Er steuerte direkt ohne Zögern den Platz neben mir an, stellte sich dort angekommen, kurz mit den

Worten vor: „Eberhard Gerswig", reichte mir die Hand und nahm Platz. Etwas verblüfft lächelte ich über diese ungewöhnliche Begrüßung.

Dann sah er sich aufmerksam im großen Festsaal um und teilte mir mit gedämpfter Stimme mit: „Ich bin zum ersten Mal hier. Ein wirklich sehr imposantes Rathaus und ein wunderschöner Festsaal."
Ich nickte bestätigend.
Er ließ seine Blicke weiter durch den Festsaal schweifen, die dann lange an dem Bild von Hugo Vogel hängen blieben, auf dem der Heilige Ansgar Hamburger Bürger tauft.
„Mit dem Bild stimmt irgendetwas nicht", murmelte er schließlich.
Ich bestätigte und erzählte ihm die Geschichte, dass auf dem ursprünglichen Gemälde ein Hamburger unter der segnenden Hand des Bischofs kniete. Doch da ein Hanseat vor keiner Macht kniet, musste das Bild übermalt werden, und nun ragt die segnende Hand von Bischof Ansgar ins Leere. Diese Geschichte beeindruckte und amüsierte ihn zugleich.

Kurz darauf machte mich mein Platznachbar auf Herren in Nadelstreifen aufmerksam, die wiederholt an der ersten Platzreih entlang gingen, suchend Ausschau hielten und dann an den Seiten stehend warteten. „Kennen Sie diese Herren? Was suchen die bloß und worauf warten sie?", wollte mein Platznachbar wissen.

„Sie suchen einen Platz", antwortete ich kurz.

„Aber da sind doch genügend freie Plätze in den hinteren Reihen", stellte Eberhard Gerswig fest.

„Ja, sicher", entgegnete ich aufklärend, „das sind aber VIPs, Führungskräfte aus Wirtschaft, Politik, Wissenschaft und Verwaltung. Die erheben einen Anspruch auf einen Platz in den ersten Reihen."

Gerswig amüsierte sich köstlich. „Diese Hamburger! Zu stolz, um vor einem Bischof zu knien. Gleichwohl erniedrigen sie sich selbst und brauchen für ihr eigenes Selbstbewusstsein einen Platz in der ersten Reihe. Welche Abgründe der Geistlosigkeit tun sich da auf..."

Ich konnte und wollte ihm nicht widersprechen, und belustigt schauten wir zu, wie dienstbare Geister aus den hinteren Reihen Stühle nach vorn trugen und diese an die Seiten der ersten Reihen heranstellten, damit die wartenden Herren, die gemäß ihrem kranken Selbstverständnis nur vorn sitzen können, Platz nehmen konnten. Nur ein Herr blieb ganz am Rande stehen, und Eberhard Gerswig wollte von mir wissen, worauf der denn noch warten würde und ob er immer noch nicht zufrieden gestellt sei.

„Nein, nein", klärte ich ihn auf, „das ist der Protokollchef, ein Herr der guten alten Schule. Hamburgs Protokoll ist dafür bekannt, dass es so perfekt und gut organisiert abläuft, dass niemand mitbekommt, dass es überhaupt ein Protokoll gibt. Nur leider gibt es dieses geistvolle Hamburger Protokoll immer weniger. Denn die aus Altersgründen ausscheidenden geschulten Personen werden durch Technokraten ersetzt, bei denen nur Masse, nicht Qualität zählt. Sonst wären das Durcheinander und die Peinlichkeit mit den wartenden Herren, die unbedingt in den ersten Reihen sitzen wollen, bestimmt nicht passiert. Nur der Protokollchef, der dort ganz am Rande steht, hat noch den alten guten Geist, und auch der Erste Bürgermeister wird nie etwas gegen den Willen seines Protokollchefs tun. Achten Sie darauf, wie es abläuft."

Gespannt beobachteten wir den weiteren Verlauf. Der Protokollchef nickte unmerklich, und sofort erhob sich der Bürgermeister, um seine Begrüßungsansprache zu halten. „Das hat Stil und Geist", stellte mein Platznachbar fest.
Dann folgten wir beide aufmerksam den Reden.

Nach dem Festakt gingen wir gemeinsam hinüber in den angrenzenden Kaisersaal zu einem Empfang. Wir standen abseits von dem dichten Menschengetümmel, tranken ein Glas Wein und unterhielten uns prächtig. Von vielen Bekannten und Geschäftspartnern fühlte ich Blicke auf uns gerichtet, die fragen mochten, was für einen seltsamen Kauz ich da aufgelesen hätte. Ich amüsierte mich darüber herzlich. Eberhard Gerswig war mir recht sympathisch, in seiner Gesellschaft fühlte ich mich wohl, und es fiel mir schwer, mich mit den Worten

von ihm loszureißen: „Ich muss mich leider verabschieden. Ich bin nicht zum Vergnügen hier. Es wartet noch einige Arbeit auf mich."
„Was wollen Sie denn hier arbeiten?", wollte er interessiert wissen.

„Nun, bei solchen Anlässen versammeln sich Politiker, Wirtschaftskapitäne, Wissenschaftler, also viele wichtige Leute unserer Stadt im Rathaus", klärte ich ihn auf. „Mit vielen von ihnen habe ich beruflich zu tun, und es gibt kaum eine bessere Gelegenheit, gemeinsam berührende Fragen schnell zu klären als bei solchen Rathausempfängen. Diese Möglichkeit will ich nutzen und mich schnell ans Werk machen. Es war nett, Sie kennen

zu lernen und ich würde mich über ein Wiedersehen sehr freuen."
Er verabschiedete mich herzlich mit den Worten: „Ganz meinerseits. Ich bin sicher, wir werden uns wiedersehen."

Ich warf mich widerstrebend in das Getümmel. Ein kurzes Gespräch mit unserer Zweiten Bürgermeisterin, um sie über unsere Privatisierungspläne zu unterrichten. Sie war darüber gar nicht erfreut und wir verabredeten einen Gesprächstermin. Dann eine Unterhaltung mit dem Vorsitzenden einer Partei, dem ich mitteilte, dass wir einen vorderen Platz auf seiner Kandidatenliste für die nächste Bürgerschaftswahl beanspruchen wollten. Auch er schien nicht begeistert. Er hatte wohl unsere Unterstützung ohne jegliche Gegenleistung erwartet.

Im Kopf ging ich die Liste der Personen durch, mit denen ich Dinge zu klären hatte, und arbeitete sie systematisch ab. Zwischendurch trank ich noch einige Gläser Wein, verschwendete aber keine Zeit mit den angebotenen Kanapees und erreichte schließlich den Ausgang. Ich konnte kein weiteres Opfer für meine Arbeitsgespräche mehr erspähen und beschloss zu gehen. Ich verspürte kein Bedürfnis, mich von irgendeiner Person zu verabschieden - mit einer Ausnahme. Ich suchte den Protokollchef, denn es war mir immer ein aufrichtiges Anliegen, diesem geistvollen Herrn zu danken und mich persönlich zu verabschieden.

Der Wein im Rathaus hatte mich beschwingt und zugleich hungrig gemacht. Ein gutes Essen in einem vorzüglichen Lokal war für mich stets ein besonderes Vergnügen. Ebenso gern aß ich aber auch an einer Imbissbude im Stehen. Bei mir liegen halt die Extreme sehr nah beieinander.

Auf dem Weg zu meinem Wagen erinnerte ich mich daran, dass ich einmal eine von mir verehrte Dame zum Essen an einem Imbissstand eingeladen hatte. Es war für uns beide damals ein Festmahl. Wir haben uns prächtig verstanden und für eine viel zu kurze Ewigkeit den Trubel der Stadt um uns herum vergessen.

Heute war also die Imbissbude an der Reihe, und so steuerte ich meinen Lieblingsstand auf der Reeperbahn schräg gegenüber der Davidwache an. Dort angekommen, bestellte ich mir eine Currywurst, die ich wie ein fürstliches Mahl verzehrte.

„Kennen Sie die Geschichte von der Currywurst? Sie ist hier ganz in der Nähe in den Nachkriegsjahren auf dem Großneumarkt erfunden worden", vernahm ich plötzlich eine Stimme in meinem Rücken. Ich ließ mich nicht gern bei meiner Schlemmermahlzeit stören, wollte schon unwirsch aufbegehren, als ich die Stimme wiedererkannte. An dem Tisch hinter mir stand, eine Bratwurst mit Brötchen verzehrend, Eberhard Gerswig.

„Ja, die Geschichte der Currywurst kenne ich. Ein tolles Buch", erwiderte ich lachend. „Ich sehe, auch Sie bevorzugen nach solchen festlichen Anlässen wie vorhin im Rathaus die einfache Speise auf der Reeperbahn."

Wir stellten uns zusammen an einen Tisch, ich organisierte eine große Portion Pommes frites zum gemeinsamen Naschen und zwei Dosen Cola zum Nachtisch.

Schon bald waren wir in einem so intensiven Gespräch vertieft, dass wir nicht einmal mehr die hübschen, teilweise sehr jungen Lebedamen wahrnahmen, die direkt vor unseren Augen langsam über die Straße gingen, um schneller vorwärts zu kommen.

Small talk liegt mir nicht, und ich gestehe, ich gebe mir dazu auch keine Mühe. Es erinnert mich immer an dem Geschnatter auf einem Hühnerhof, dem ich gern schnell entrinne.
Zum Glück war dies bei Eberhard Gerswig nicht notwendig. Fast ohne jede Überleitung entführte er mich direkt in seine faszinierende Gedankenwelt.

„Nie zuvor war der Mensch dem Ziel so nahe wie heute, all` seine materiellen Wünsche befriedigen zu können. Dies ist aber nun zunehmend gefährdet. Als Preis für ein schnelles Wohlstandswachstum wurden menschliche Werte vernachlässigt; ideelle Werte und Tugenden wurden vergessen. Sie müssen nun nachgeholt und erneuert werden, um bestehende Probleme zu überwinden sowie langfristig geistige und materielle Werte zu sichern. Diese Werte sind in den Lebensbereichen am stärksten erhalten geblieben, die eine tiefe historische Wurzel haben und mit dem materiellen Wohlstand alte Kulturen und Strukturen nicht völlig

aufgeben mussten. Dazu zählt insbesondere auch das Handwerk.
Die alten Ideale des Handwerks - Geschlossenheit des Denkens und des Handelns, Selbstentfaltung, kooperative Zusammenarbeit, Vielfalt und Flexibilität sowie ein natürliches Verhältnis zur Umwelt - beinhalten genau die Werte, die nun in der gesamten Gesellschaft wiederbelebt werden müssen. Insofern ist das Handwerk ein bedeutungsvoller geistiger Faktor, und von ihm gehen wichtige Wirkungen auf das Leben unserer Kultur aus."

Dieser abenteuerlichen Argumentation konnte ich nicht folgen. Ausgerechnet das Handwerk sollte zur geistigen Erneuerung beitragen?
,,Wir leben doch nicht mehr im Mittelalter, wo die Handwerkszünfte das Sagen hatten, die Entwicklung bestimmten und in Hamburg sogar den Ersten Bürgermeister bestätigen mussten. Damals haben die Handwerker einen Hamburger Bürgermeister sogar einmal nach England vertrieben. Doch in unserer heutigen fortschrittlichen Zeit brauchen wir ganz sicher andere Kräfte, beispielsweise Konzernmanager, Industriekapitäne, wissenschaftliche Experten oder geschulte Politikstrategen."

Dach davon hielt Eberhard Gerswig absolut nichts. Meinen Einwänden entgegnete er mit seiner faszinierenden Darstellung über Künstler, Technokraten und Handwerker:

„Eine amerikanische Langzeituntersuchung, die sich mit dem Einfluss des Charakters von Führungskräften auf den Unternehmenserfolg befasst, liest sich spannend wie ein Krimi und kommt zu hoch interessanten Ergebnissen. Unterschieden wird zunächst zwischen drei Grundtypen von Führungspersönlichkeiten.

Der Künstler ist äußerst ideenreich und kreativ, ein wahrer Visionär, der seine Geschichte kennt, sich zugleich im Tagesgeschäft intensiv mit Zukunftsfragen befasst. Er ist ständig geistig unterwegs, puscht das Unternehmen mit immer neuen Innovationen nach vorn und kennt keinen Stillstand. Er ist menschenfreundlich, stets seinen Mitarbeitern zugewandt und versteht sich als Wachstumsförderer und Entwicklungshelfer. Zahlen liegen ihm nicht besonders, die Alltagsroutine fällt ihm schwer. Und zur konkreten Umsetzung seiner Ideen braucht er dringend Personen mit anderen Eigenschaften.

Zahlen und Formeln sind Metier des Technokraten. Er hat ständig feste Modelle und Patentrezepte, liebt die Ordnung, kann mit Visionen überhaupt nichts anfangen und der Künstler ist ihm geradezu verhasst. Er ist innerlich kalt, kennt im Geschäft keine Leidenschaft. Mitarbeiter sind für ihn in erster Linie Kostenverursacher. Mit einem Federstrich trennt er sich von seinen „menschlichen Ressourcen". Die Branche, in der er arbeitet, ist ihm eigentlich egal. Heute Stahl, morgen Nahrungsmittel, übermorgen Finanzgeschäfte. Überall arbeitet er mit den gleichen Methoden. Er ist schnell erkennbar an seinen roboterhaften Phrasen wie Cash-Flow, Over-Flow, Outsourcing usw.

Der Handwerker ist ein grundsolider Mensch der Praxis, vertrauenswürdig, sehr zuverlässig. Er lebt ganz im Heute, ist der Tradition verhaftet, Neuerungen fallen ihm eher schwer. Er ist aber für neuartige Ideen und Visionen schnell zu begeistern. Er liebt geradezu den Künstler, arbeitet gern mit ihm zusammen, verachtet tief in seinem Herzen den Technokraten. Aber eigentlich kommt er mit jedem Menschen aus. Er ist ein ausgesprochener Menschenfreund, seine Mitarbeiter sind ihm wichtig und er trennt sich nur schwer von ihnen.

Wenn an der Spitze eines Unternehmens ein Künstler steht, der das Sagen hat, ihm zur Seite gute Handwerker und nur sehr wenige Technokraten arbeiten, floriert und wächst das Unternehmen. Auch innovative Handwerker an der Spitze garantieren einen dauerhaften Erfolg. Gefährlich wird es allerdings, wenn ein Technokrat die Führungsverantwortung übernimmt und immer mehr Technokraten um sich schart. Dann wird das Unternehmen über kurz oder lang unweigerlich in die Pleite geführt. Technokraten im Arbeitsverbund sind bestimmt wichtig. Sie dürfen jedoch nie das alleinige Sagen haben oder Personalverantwortung tragen.

Nun werden aber seit den sechziger Jahren an den amerikanischen Universitäten und zunehmend auch in Deutschland reinste Technokraten ausgebildet, die in die Unternehmensführungen hineindrängen und langfristig immer mehr Unheil anrichten. Und es sind ausgerechnet die Künstler, die sich einen Technokraten als Nachfolger aussuchen, weil diese alle Eigenschaften haben, die ihnen selbst fehlen. Dagegen gelten die Handwerker eher als bieder und steigen deshalb selten bis an die oberste Spitze auf. Interessant in diesem Zusammenhang ist, dass ausgerechnet die Amerikaner, die keine handwerkliche Ausbildung kennen, den Handwerker als die ideale Führungskraft beschreiben, dabei ausdrücklich auf das deutsche Meistersystem verweisen und hier Anleihen machen.

Wenn man das Gebaren in deutschen Großunternehmen sorgfältig beobachtet, gewinnt man schnell den Eindruck, dass auch bei uns eine ganze Generation von Technokraten an verantwortlicher Stelle tätig ist. Schnell stellt sich dann das Gefühl ein: dies kann nicht gut gehen.

Schlimmer noch, auch die Politik, die Regierungen und zunehmend die Parlamente werden von Technokraten bevölkert. Ganz besonders hier fehlen die Visionäre und Künstler und erst recht die praktischen Handwerker. Ich komme so zu der Feststellung, in unserer heutigen Zeit ist der Geist verwirtschaftet. Politik, Wirtschaft und Gesellschaft sind geistlos geworden. Nur noch die Künstler und Philosophen können uns retten. Ohne Künstler und besonders ohne Handwerker verspielen wir unsere Zukunft."

Diese Analyse hatte mich tief beeindruckt. Ich stellte mir insgeheim die Frage, wie ich es selbst mit den Künstlern, Technokraten und Handwerkern halte. Ist das Handwerk in Deutschland nicht selbst auf dem Weg, die bewährte handwerkliche Ausbildung immer mehr zu zerstückeln, Ausbildungsmodule nach Maß zu schaffen, die praktische Erfahrung gering zu achten, die Menschlichkeit zu verlieren und so ganze Heerscharen von Technokraten heranzuzüchten?
Sicherlich muss ein Meister die Betriebswirtschaft verstehen, moderne Führungsmethoden beherrschen und mit Zahlen umgehen können. Besteht aber nicht die Gefahr, dass diese Teile in Ausbildung und Beratung ein Übergewicht erfahren und

damit technokratische Manager ausgebildet werden?
Das wäre der Tod des Meisters.

Das war ein sehr denkwürdiger, für mich gewinnbringender Abend an der Imbissbude auf der Reeperbahn. Sofort am nächsten Tag besorgte ich mir die amerikanische Studie, die in Deutschland unter dem Titel ‚Das Führungsdrama' erschienen ist. Diese Literatur fesselte mich, und ich stellte mir die bohrende Frage, was meine individuelle Persönlichkeit ausmacht. Eher Künstler, eher Technokrat oder eher Meister? Ich war überzeugt: die Zukunft gehört dem echten Meister, der das Künstlerische in seinem Leben pflegt.

Mit diesen neuen Erkenntnissen, die mir Eberhard Gerswig zugänglich gemacht und die amerikanische Untersuchung vermittelt hatte, beschäftigte ich mich in der Folgezeit intensiv. Ich begann die Menschen in meinem Alltag mit anderen Augen anzuschauen und das Künstlerische, Technokratische oder Handwerkliche in ihnen zu erforschen. Mit Bestürzung musste ich dabei feststellen, dass längst die Technokraten in unserer Gesellschaft die Überhand gewonnen und die entscheidenden Positionen in Wirtschaft, Politik, Verwaltung und ebenso in der Wissenschaft besetzt hatten. Fast überall hatten Technokraten das Sagen. Sollte Eberhard Gerswig mit seiner Feststellung „Der Geist ist verwirtschaftet. Die Gesellschaft ist geistlos geworden" etwa Recht behalten?

Mein letztes Zusammentreffen mit Eberhard Gerswig an dem Imbissstand auf der Reeperbahn lag bereits viele Monate zurück, als ich eines Abends spontan beschloss, mir etwas besonders Gutes zu gönnen und das herausragende Feinschmeckerlokal Williamine in Eimsbüttel zu besuchen. Eigentlich ist es gar kein richtiges Restaurant, eher ein gemütliches kleines Wohnzimmer mit nur drei Tischen und Platz für insgesamt vielleicht zehn bis zwölf Personen. Hier gibt es auch keine Speise- oder Getränkekarte. Man kann nur zwischen entweder sechs oder neun Gängen wählen und lässt sich dann überraschen. Bei den Getränken folgt man der Empfehlung des Gastwirtes, der hauptberuflich Schauspieler ist und mit seiner Leidenschaft zum Kochen seine Gäste verwöhnt.

In diesem ganz besonderen Feinschmeckerlokal mit den ganz besonderen Preisen hatte ich vor langer, langer Zeit - vielleicht war es gar in einem anderen Leben - einen wunderbaren Abend in sehr charmanter Gesellschaft verbracht. Ein einzigartiges Erlebnis, das nur wenigen Menschen in ihrem

Leben zuteilwird. An diesem Abend war die Liebe in mein Leben getreten, die sich mit keinem Wort beschreiben lässt.

Doch ich hatte es damals nicht vermocht, dieses wertvollste Geschenk zu behalten. Aus Angst, mich selbst zu verlieren, konnte ich in dieser einzigartigen Liebe nicht aufgehen und verlor damit alles. Geblieben waren nur Erinnerungen, die nach so langer Zeit immer noch schmerzten.

Deshalb mied ich fortan dieses Lokal. Doch an diesem denkwürdigen Abend lenkte mich eine Kraft, die stärker als mein Schmerz war, genau dorthin.

Mein Verstand wehrte sich mit aller Macht dagegen und wollte mich noch kurz vor der Tür zur Umkehr bewegen. Doch die unsichtbaren Bande einer kraftvollen Energie zogen mich in das Restaurant Williamine hinein.

In dem gemütlichen Wohnraum saß nur ein Gast, der mich bereits zu erwarten schien. Jedenfalls war er von meinen Eintritt nicht überrascht. Dieser Gast war mein alter Bekannter aus dem Rathaus, Eberhard Gerswig.

Obwohl unser letztes Zusammentreffen viele Monate zurücklag, waren wir uns keine Sekunde lang fremd und setzten mühelos unser Gespräch an der

Stelle fort, wo wir es an der Imbissbude auf der Reeperbahn unterbrochen hatten.

„Der Geist ist verwirtschaftet. Wirtschaft, Politik und Gesellschaft sind geistlos geworden", wiederholte er sein mir bereits bekanntes Credo. „In den letzten Jahrzehnten des schnellen materiellen Wachstums haben wir den Geist fast vollständig verbraucht. Wir haben es versäumt, diesen ständig zu erneuern. Es herrscht weite Geistlosigkeit. Nun müssen wir innehalten und erkennen, dass wir eine geistige Erneuerung benötigen - auch um das materiell Erreichte zu sichern und weiterentwickeln zu können.

Das, was wir heute denken, bestimmt die Wirklichkeit von morgen. Und gemäß unserer heutigen Geistlosigkeit kann es morgen immer nur noch schneller in den Abgrund führen. Wer morgen eine andere, bessere Welt will, muss heute mit dem Denken anfangen. Also müssen wir heute neues Denken wagen, damit daraus morgen eine bessere Welt werden kann. Deshalb brauchen wir die Phantasie und Kreativität der Künstler. Mit der ihnen eigenen Schaffenskraft entwickeln sie in ihren Werken Visionen zu Zukunftsgestaltungen. Doch wir nehmen diese nicht wahr, verbannen das Künstlerische aus unserem täglichen Tun und stellen es in Museen, damit es uns nicht stört. Dabei können nur noch die Künstler und Visionäre uns retten."

Ich stimmte ihm in vielen Punkten zu. Gleichwohl war ich von seiner Polarisierung überrascht. Ich hatte ihn als einen differenzierten Denker erlebt, dem das Sowohl-als-auch viel näher stand als das Entweder-oder. Und nun spitzte er seine Situationsanalyse extrem einseitig zu, sah nur noch einen einzigen Lösungsweg. Dabei hatte ich von ihm in dem vorangegangenen Gespräch gelernt, dass der Königsweg nicht existiert, dass es keine absolute Wahrheit gibt und jeder Mensch seine eigene individuelle Wahrheit hat. Und nun sollte es nur noch den einen wahren Ausweg geben?

Er nahm meine Einwände aufmerksam auf und erwiderte dann nachdenklich: „Ich kenne unsere Zukunftswege genauso wenig wie Sie. Ich weiß nur, dass wir mit Riesenschritten geradezu in einen neuen Abgrund hineinstürmen. Ein Abgrund, der schlimmer sein wird als alles was zuvor war. In der historischen Entwicklung gab es in jeder Epoche, die sich dem Ende zuneigte, geistige Impulse für eine Erneuerung und Heilung der Welt. Doch die Menschen schenkten der geistigen Kraft kein Vertrauen, stärkten vielmehr die Kräfte und Gruppen, die der Erneuerung entgegenstanden oder gar von dem Zusammenbruch profitierten. So kam es unweigerlich zum Sturz in den Abgrund, zu Kriegen, Revolutionen und größter Not. Erst wenn alles in Schutt und Asche lag, gab man der geistigen Kraft, die schon lange vorher da war, Spielraum zur Entfaltung. Und so wuchs aus der Asche neues Leben. Freiheit, Gleichheit und Brüderlichkeit waren Ende des achtzehnten Jahrhunderts solche geistigen Kräfte, die erst die Schrecken der Französischen Revolution brauchten, um sich durchsetzen zu können.

Das heißt die Menschheit hat bislang nie wirklich gelernt, sondern stets nur unter stärkstem Zwang in höchster Not die geistige Erneuerung erlaubt und dementsprechend gehandelt. Ständig verfährt die Menschheit nach der gleichen zwanghaften Handlungsweise. Doch mit jedem Durchlauf verschärfen sich dramatisch die Situationen. Die Zusammenbrüche, Kriege, Revolutionen, Völkermorde werden immer grausamer und töten Millionen, beim nächsten Mal vielleicht gar die gesamte

Menschheit. Ein solches nächstes Mal können wir uns nicht mehr leisten. Wir müssen lernen, frei zu handeln, ohne Sturz in den Abgrund der geistigen Erneuerung zum Durchbruch zu verhelfen.
Die Menschheit ist dem Kindes- und Jugendalter entwachsen, muss nun erwachsen sein und verantwortlich handeln.

Wir haben uns - zumindest in der westlichen Welt - die Freiheit erkämpft. Aber wissen wir wirklich etwas mit dieser Freiheit anzufangen? Leben wir sie tatsächlich? Freiheit bedeutet verantwortlich zu denken und zu handeln. Ohne Verantwortung ist Freiheit nur Frechheit, oder mit den Worten von Wilhelm Reich ausgedrückt: ‚Die Frechheit ist die Freiheit der Sklaven'. Leben wir nicht wie die Sklaven ein erschütterndes Ausmaß von Frechheit?
Bedenkenlos beuten wir unsere Umwelt aus. Wo bleibt da unsere Verantwortung, die uns erst Freiheit zu schenken vermag?
Unsere alten Eltern verbannen wir aus den Familien und schieben sie ab in anonyme Heime, um selbst davon befreit zu werden. Dabei stehlen wir uns nur aus der Verantwortung und haben die Frechheit, dies noch als soziale Errungenschaft zu preisen. Nein, wir leben nicht frei. Wir sind nur frech. Und unsere Verantwortungslosigkeit treibt uns in einen Abgrund mit einem katastrophalen

Ausmaß. Die geistige Erneuerung, die wir nun für unser und das Überleben der gesamten Menschheit brauchen, bedeutet, wahre Freiheit durch Verantwortung zu erlangen."

Eberhard Gerswig hatte nüchtern, leidenschaftslos gesprochen, umso massiver trafen mich seine Worte bis ins tiefste Mark. Ich wusste dem nur wenig entgegenzusetzen, suchte Ausflüchte, brachte Beispiele von verantwortlichen Menschen und begehrte schließlich auf: „Sicherlich ist Ihre Analyse in manchen Punkten zutreffend. Sicherlich benötigen wir in allen Lebensbereichen von jedem Menschen mehr Eigenverantwortung. Doch ich sehe uns keineswegs am Abgrund stehend. Ich erlebe tagtäglich verantwortungsvoll handelnde Menschen. Ihre Anklage, unsere Gesellschaft sei geistlos geworden, erscheint mir deshalb einseitig, verurteilend und viel zu pauschal."

Mein Gesprächspartner nahm meine Einwände offen auf, prüfte sie sorgfältig und bekannte dann: ,,Vielleicht neige ich ein wenig zur Übertreibung, um die Dinge auf den Punkt zu bringen und meine Sichtweisen zu verdeutlichen. Dabei weiß ich aber genau, wie differenziert die Welt ist. Ich selbst spreche mich für weitest mögliche Differenzierungen aus und habe gerade Probleme mit der Vereinheitlichung und Gleichmacherei."

In Gedanken suchte er wohl nach einem passenden Beispiel, denn nach einer kleinen Pause fuhr er fort: ,,Sehen Sie, die Menschen sind sehr unterschiedlich, sie haben verschiedene Fähigkeiten und Qualifikationen. Ich sehe darin keine Probleme, sondern Chancen. In der Vielfalt liegt die Kraft. Es werden alle Potentiale gebraucht, und jeder sollte nach seinen spezifischen Qualitäten gefördert und eingesetzt werden.

Praktisch für jeden einzelnen Menschen ein Entwicklungsplan, der nicht auf vorhandene Schwächen, sondern auf die individuellen Stärken ausgerichtet ist. Dann wird jeder - gleichgültig ob Akademiker, Handwerker oder Arbeiter - täglich zum Sieger.

Doch unser System verlangt, dass alle Menschen gleich sein sollen.

Möglichst alle sollen Abitur machen, unabhängig davon, ob sie eher theoretisch oder manuell begabter sind.

Der Abiturient und der Hilfsschüler sollen die gleiche Gesellenprüfung ablegen.

Arbeit mit den eigenen Händen gilt als unfein, und möglichst alle sollen den Blaumann ausziehen und in den Nadelstreifen hineinschlüpfen. Und diejenigen, die es nicht schaffen, gelten als Versager und werden aussortiert.

Dabei wird die Messlatte stetig höher gelegt und immer mehr werden dauerhaft ausgegliedert. Sie werden als Versager abgestempelt - wie Schafe, die einen unterschiedlichen Farbtupfer erhalten, der markiert, was aus ihnen werden soll: ‚zur Weiterzucht geeignet', ‚gutes Leistungsschaf' oder ‚Hammel, zum Schlachten bestimmt'.

Eine menschliche Gesellschaft gemäß einer Laufbahn der Schafe, die immer mehr unglücklich macht und schließlich zur Schlachtbank führt.

Heute sind es bereits fünfzehn Prozent der Schulabgänger, die nicht mehr mithalten können. Experten glauben, dass dieser Anteil in den nächsten Jahren auf zwanzig Prozent oder gar fünfundzwanzig Prozent anwachsen wird.
Ein Viertel jeder Generation, die praktisch umsonst geboren ist, die unsere Gesellschaft nicht braucht, einfach verstößt!
Die Ausgestoßenen werden isoliert, in Gruppen unterschiedlicher Hilfsbedürftigkeit eingeteilt: Leistungsschwache', Lernbehinderte', Sozialschwache' usw.
Doch wir dürfen sie nicht in betreuenden Sonderinstitutionen verstecken. Jeder hat Stärken. Unterschiede sind kein Problem, sondern wertvoll.
Jeder Mensch ist eine einzigartige Schöpfung.
Jeder ist Teil der gesamten Welt und muss es auch im täglichen Leben sein.
Wir müssen die Einteilung in die Laufbahnen der Schafe aufgeben, zusammenbleiben, voneinander und gemeinsam lernen. So kann sich jeder gemäß seinen individuellen Fähigkeiten entwickeln und es unterschiedlich weit bringen.
Und der, der nicht ganz so weit geht, die Karriereleiter nicht ganz so hoch steigt, ist deshalb kein weniger wertvoller Mensch.
Ein Arbeiter, der ohne Schul- und Berufsabschluss ordentlich arbeitet, sein Leben verantwortungsvoll

gestaltet, seine Kinder liebt, Gerechtigkeit walten lässt und Nächsten liebt, ist sicherlich ein wertvollerer Mensch als ein hoch gebildeter Manager, der die Umwelt, ausbeutet, sich selbst bereichert, andere Menschen ins Elend stürzt und seine eigene Familie zerstört."

Diese Sichtweisen konnte ich nicht widerspruchslos hinnehmen. Ich verwies auf unsere sozialen Errungenschaften, führte an, dass jedem geholfen wird, niemand wirkliche Not leiden müsste.

,,Ja, wir geben ihnen Geld. Und was geben wir ihnen sonst?", warf Gerswig ein und fügte dann nach längerem Schweigen an: ,,Und was machen wir, wenn uns das Geld ausgeht? Wir haben doch diese Menschen zwar finanziell beruhigt, jedoch keineswegs sozial integriert.
Das kann dauerhaft nicht gut gehen. Der Mensch lebt nicht vom Brot allein. Und da wir ihnen die geistige und seelische Nahrung verwehren, sitzen wir wie auf einem Pulverfass, dessen Lunte bereits brennt und die gesellschaftliche Explosion spätestens dann bewirken wird, wenn wir uns diese Geistlosigkeit der materiellen Beruhigung finanziell nicht mehr leisten können."

Alles in mir rebellierte. Dies konnte ich so nicht stehen lassen.

So zeigte ich Eberhard Gerswig auf, dass die Entwicklung immer weiter geht und Auswege sucht. Als Beispiel führte ich an, dass immer mehr leistungsstärkere Jugendliche sich dem starren System entziehen, sich ihre eigenen Laufbahnen gestalten und insbesondere im Bereich der neuen Medien sehr erfolgreich tätig sind werden.

„Und diese Generation wird damit sofort zum neuen Maßstab, dem alle schnell folgen sollen", wischte er meine Argumente fort.

„Was haben Sie nur dagegen, dass die Menschen gleiche Ziele verfolgen, alle es möglichst weit bringen wollen? Was ist denn an Gleichheit so schädlich?", begehrte ich voller Empörung auf.

‚Alle Tiere sind gleich, und nur die Schweine sind gleicher", zitierte er daraufhin George Orwell und fügte dann nachdenklich hinzu: „Der Mensch ist geboren, um in seiner individuellen Unterschiedlichkeit Gott ähnlich, in Gott gleich zu werden. Das haben wir vergessen und verwehren es den Menschen. Das ist die wahre Geistlosigkeit!"

Mich erreichten diese leisen Worte wie ein mächtiger Sturm, der mich tief erschütterte, aus meiner gewohnten Bahn herausriss. Ich fühlte mich hilflos und wusste dem Gehörten nur wenig entgegenzusetzen.

Eberhard Gerswig sah mich lange nachdenklich und prüfend an und schien dann schließlich für sich zu einem Ergebnis gekommen zu sein: „Nein, mein lieber Freund, ich kann Sie nicht beruhigen. Ich will Sie nicht in das Schlummerlied einer trügerischen Sicherheit einlullen. Dazu ist die Geistlosigkeit in unserer Gesellschaft schon viel zu weit fortgeschritten. Ich will Ihnen dazu einige Beispiele geben.

Unsere Welt wird immer globaler und internationaler. Weite Teile der Wirtschaft reagieren darauf mit der Krankheit der Fusionitis. Sie antworten geistlos mit Größe und Macht und verlieren damit ihre Schnelligkeit und Flexibilität. Dabei verlangt Globalisierung nicht nach Größe, sondern nach Schnelligkeit. Kann es geistloser zugehen?

Die Mammutkonzerne häufen Macht an und erpressen damit die Politik, die sich auch willig erpressen lässt. Geistlosigkeit auf beiden Seiten.

Die Politik orientiert sich nicht mehr an Mehrheiten und übersieht völlig die sehr große Zahl der kleinen und mittleren Unternehmen, obwohl diese mit weitem Abstand den größten Teil der Arbeits- und Ausbildungsplätze stellen. In diesen kleinen Betrieben lebt eine große Kraft. In unserer Geschichte waren es immer die Kleinen und Unscheinbaren, die die Fackel des Lebens weitertrugen, während Macht und Größe regelmäßig untergingen. Doch indem die Politik sich nur an Größe und Macht orientiert und in unserer Gesellschaft lediglich das Große als wertvoll angesehen wird, wird den Kleineren ihre natürliche Kraft genommen, und alle lassen dies geschehen. Dies nenne ich Geistlosigkeit.

Und diese Geistlosigkeit herrscht auch bei euch in Hamburg. Ein Riesenflugzeug soll hier gebaut werden. Und dafür muss die Natur ein gutes Stück hergeben, das Mühlenbergerloch in der Elbe wird zugeschüttet. Doch es geht um Arbeitsplätze, so dass man dafür noch Verständnis aufbringen kann. Aber warum zahlt der Staat dem Flugzeugkonzern noch 1,25 Milliarden D-Mark? Geld, das er eigentlich gar nicht hat und für andere Aufgaben viel dringender benötigen würde. Wie vielen Familien könnte damit geholfen werden?! Mit diesem Geld könnte ein Vielfaches an Arbeitsplätzen in kleinen und mittleren Unternehmen entstehen. Warum wird diesen Betrieben nicht geholfen? Nur weil ihnen

Größe und Macht zum Erpressen fehlen? Das nenne ich Geistlosigkeit.

Dabei hat der Flugzeugkonzern die staatlichen Subventionen gar nicht nötig. Da könnte er doch zumindest einen kleinen Teil der Subventionen der Allgemeinheit zurückgeben, beispielsweise damit in Hamburg eine private Hochschule finanzieren, einen Gewerbepark für kleinere Unternehmen unterstützen oder Ausbildungsplätze für lernschwache Jugendliche schaffen. Doch daran denkt keiner der Konzernlenker, keiner der verantwortlichen Politiker. Das nenne ich Geistlosigkeit.

Wenden wir uns alltäglichen Dingen in eurem stolzen Hamburg zu. Straßen sollen den Verkehr schnell und fließend machen. Doch mit Steuergeldern werden Bodenschwellen, künstliche Verengungen und alle nur erdenklichen Schikanen eingebaut, damit der Verkehr sich staut, langsam wird und noch mehr Abgase die Luft verpestet. Der Staat schikaniert seine Bürger. Das nenne ich Geistlosigkeit.

In eurer Stadt gibt es mehr Verkehrsregeln als ein einzelner Mensch überhaupt behalten kann. Auf wenigen Straßenzügen eurer Stadt gibt es mehr Verkehrszeichen und Ampeln als in der beispielsweise vielfach größeren Stadt Bangkok mit noch wesentlich größerem Verkehrsaufkommen, aber relativ wenigen Unfällen. Entweder sind die Thais klüger und verantwortungsvoller als die Hanseanten oder der Senat hält seine Bürger für dumm. Und auch das nenne ich Geistlosigkeit.
In der Hafen-City soll eine völlig neue Stadt entstehen, die am Reißbrett perfekt für das nächste halbe Jahrhundert geplant wird. Dabei kann heute niemand wissen, wie die Welt in zehn oder zwanzig Jahren aussieht und was die Menschen dann wirklich brauchen. In dieser neuen Stadt in der Stadt kommen aber Handwerker und andere Gewerbetreibende überhaupt nicht vor, preiswerte

Wirkungsstätten für Kleingewerbe, Künstler und Handwerk sind nicht eingeplant. Solche innovativen Inseln könnten mit dem Neuen darum herum zu einer lebenswerten Stadt zusammenwachsen. Damit würden Lebendigkeit, Kreativität und harmonisches Wachstum entstehen. Da bleibt kein Spielraum für Kreativität, Entwicklung und natürliches Wachsen. Das nenne ich Geistlosigkeit.

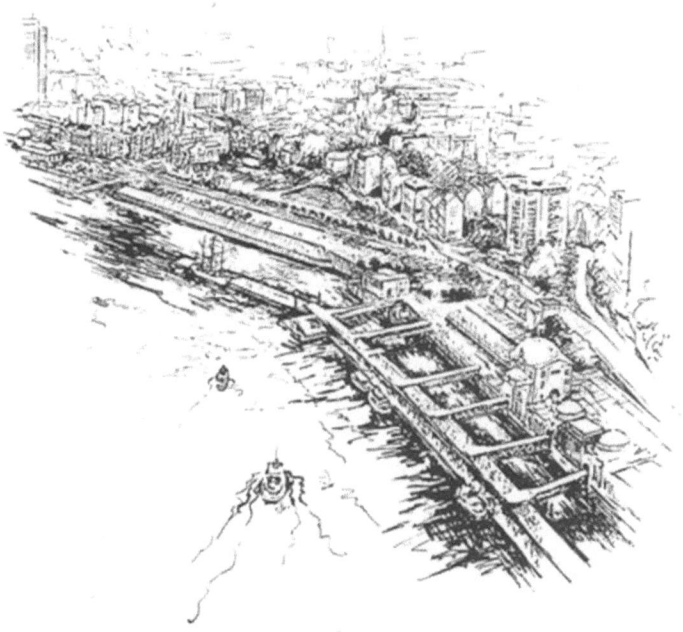

Sicherlich tun die handelnden Akteure dies alles mit den besten Motiven. Sie wollen das Beste für die Bürger ihrer Stadt. Sie versprechen ihnen Freiheit, trauen ihnen aber Verantwortung nicht zu und fordern diese nicht ein. Stattdessen werden immer mehr Gesetze, Vorschriften und Regeln erlassen, die die letzte Freiheit rauben und die Menschen entmündigen. Und die Bürger dieser Stadt lassen dies alles mit sich geschehen, lassen sich entmündigen, wie Kleinkinder behandeln und geben ihre Verantwortung ab. Denn hinter jedem neuen Gesetz, jeder neuen Vorschrift steht, dass die Menschen ihrer Verantwortung nicht nachgekommen sind, sonst hätte es solcher Regelungen nicht bedurft. Diese Unfreiheit nenne ich Geistlosigkeit.

Und wie hält es der Senat selbst mit dem von ihm aufgestellten Regelwerk? In Hamburg gibt es rund 350 öffentliche Unternehmen. Sie werden zwar in privatwirtschaftlicher Rechtsform betrieben, erbringen jedoch öffentliche Aufgaben und gehören deshalb ganz oder teilweise dem Staat. Mit dieser Scheinprivatisierung soll eine effiziente Wirtschaftsweise erreicht werden. Dagegen ist bestimmt nichts einzuwenden. Doch wenn diesen öffentlichen Unternehmen erlaubt wird, zur Gewinnmaximierung das öffentliche Regelwerk umgehen zu dürfen, dann wird verantwortungslos gehandelt. Sicherlich muss die öffentliche Hand die ihr anvertrauten Steuergelder sparsam und effizient verwenden. Dabei muss sie sich aber immer am Gemeinwohl orientieren. Wenn aber die öffentlichen Unternehmen eine einzelwirtschaftliche Maximierung verfolgen und letztlich auch dem Gemeinwohl schaden, dann kann ich dies nur als Geistlosigkeit benennen.

Ich könnte in meiner Aufzählung schier endlos fortfahren, könnte von dem erschreckenden Ausmaß zerrütteter Familien, der Verantwortungslosigkeit gegenüber den Kindern sprechen. Könnte das verantwortungslose Handeln im Bildungsbereich an-führen. Könnte Ausländerfeindlichkeit, Gewalt und Extremismus zur Sprache bringen. Und immer liefe es auf dasselbe hinaus: Es überwiegt die Geistlosigkeit der herrschenden Technokraten. Politik, Wirtschaft, die gesamte Gesellschaft sind geistlos geworden. Der Geist ist verwirtschaftet. Und nur eine geistige Erneuerung kann uns und unseren Kindern Zukunft geben. "

Gespannt hatte ich der Aufzählung von Eberhard Gerswig gelauscht und konnte selbst Dutzende weiterer Beispiele anfügen. Fast verzweifelt fragte ich ihn schließlich: „Aber was können wir tun? Wie erreichen wir die geistige Erneuerung? Wie erlangen wir Freiheit durch wahrgenommene Verantwortung?"

„Lange Zeit habe ich geglaubt, die Entwicklung des Geistes könnte von außen zu uns kommen", bekannte Gerswig. „Im Herbst 1989 war das Wunderbare an der Entwicklung in der damaligen DDR für mich, dass der Wunsch des Individuums nach Freiheit und Selbstbestimmung kräftiger und lebensfähiger war als alle Staats- und Parteiapparate. Beeindruckend und überzeugend war die Friedfertigkeit der Millionen von Menschen, die demonstrierten. Damit haben die Menschen in der ehemaligen DDR dem Bild der Deutschen in der gesamten Welt zu einem besonderen Ansehen verholfen. Darin spiegelte sich schon eine neue Qualität, und ich hoffte, sie würde für uns in der Bundesrepublik beispielgebend sein können.

Auch bei uns in der Bundesrepublik gibt es verschiedene Missstände, beispielsweise Umweltprobleme, hohe Arbeitslosigkeit, Fachkräftemangel, ein Gesundheitssystem als Selbstbedienungsladen und vieles andere mehr. Von vielen werden solche Miss-stände beklagt und bejammert. Zum eigenen Handeln sind jedoch die wenigsten bereit. Unser Wohlstandswachstum hat uns frei gemacht von den ärgsten materiellen Zwängen und Sorgen. Aber wissen wir mit dieser Freiheit umzugehen?

Die Bürger in der damaligen DDR hatten eine neue Qualität von Freiheit geschaffen, indem sie verantwortungsvoll selbstständig handelten. Sie haben ihre Ziele und Werte selbst formuliert. Dieses wichtigste Zeichen neuer Qualität sollte auch bei uns Schule machen.

So hatte ich die Hoffnung, dass mit der Wiedervereinigung wir auch ein gutes Stück dieser neuen Qualität von Freiheit herüberretten könnten. Ich hoffte, dass die deutsche Wiedervereinigung einen geistigen Aufbruch bewirken würde.

Doch dann haben wir den Menschen in Ostdeutschland unsere Errungenschaften mit allen Vorteilen des materiellen Wohlstands, aber auch mit aller Geistlosigkeit übergestülpt. Und die Menschen dort haben es mit großer Begeisterung aufgenommen und ihre gerade errungene Freiheit dem materiellen Wohlergehen, aber auch der Geistlosigkeit geopfert. Meine Träume vom geistigen Aufbruch schmolzen damals schnell dahin wie Schnee in der Sonne.

Nun werden die Menschen in den neuen Bundesländern ihre eigenen Erfahrungen mit dem übergestülpten System machen. Sie werden erkennen, dass es keine Wiedervereinigung, keinen Zusammenschluss, in dem jeder etwas einbringt, gab, sondern ein Anschluss der ehemaligen DDR an die BRD vollzogen wurde.

Sie werden vieles wertschätzen, Wohlstand und materielle Sicherung erlangen, aber sie werden auch die geistigen Defizite erfahren. Sie werden nach Menschen Ausschau halten, die in eigener Überzeugung und in sich selbst begründet, ihr Handeln bestimmen.

Derjenige wird ihre Achtung haben, der unbefangen in die Zukunft blickt und mit großem Denken die Gegenwart gestaltet. Der einzelne verantwortliche Mensch. Sein Erwachen, und das ist das Zukunftsweisende aller Entwicklungen des letzten

Jahrzehnts im zwanzigsten Jahrhundert, ist das Signal und der Grundton aller Veränderungen.
Es ist der selbstbestimmte Mensch.
Der selbstverantwortliche Mensch.
Der Mensch, der zur großen Verantwortung fähig ist.
Seinen Aufbruch beobachten wir und reihen uns ein in dem Maß, wie es unserer persönlichen Stärke entspricht. Dieser verantwortliche Mensch ist bestrebt, ehrlich zu leben, und das heißt aufgrund seiner Erfahrung und seiner eigenen Wahrnehmung zu leben.
Dieser Mensch braucht nicht die Massen und allgemeine Proklamationen. Er hasst leere Versprechungen. Er ist dem großspurigen Wort gegenüber misstrauisch und entlarvt es. Er stürzt die geistlose Macht.
Auf diesen lebendigen Einzelnen wird die Gemeinschaft zunehmend aufbauen.

Wir haben in den letzten Jahrzehnten eher erlebt, dass unsere, die Gesellschaft bestimmenden Persönlichkeiten an Gesicht verloren. Sie vertreten die Meinung der Massen und wurden eben darum unerkennbar. Die führende Persönlichkeit von morgen wird weniger in großen Veranstaltungen oder in Massen zu finden sein. Sie wird sich in kleinen Strukturen verwirklichen, in denen sich die Einzel-

nen kennen und wertschätzen. Sie wird zu ihrem Wort stehen.
Kleine Betriebe, kleine Gruppierungen, unterdrückte Gruppen werden Atem schöpfen und ihre Gestaltungskraft beweisen. Sie werden nicht in Mengen denken, sondern in geistigen Werten. Nicht in Großobjekten, sondern in Sinnzusammenhängen. Sie werden das Kleine achten, weil sie erkannt haben, dass nur so sich Großes bauen lässt.

Die Bürger in der ehemaligen DDR haben uns dies vorgelebt, und wir haben viel von ihnen zu lernen. Vielleicht werden wir bald bei ihnen in die Schule gehen, denn sie haben erfahren: Macht vergeht und es ist möglich, sie zu stürzen. Was bleibt, sind die eigene Lebensstärke und wertvolle Ziele.

Nun beginnen bei uns die Parteien zu streiten, wem die Wiedervereinigung gehört, wer die Freiheit für die Menschen in der ehemaligen DDR bewirkt hätte. Das ist geistlos. Denken alter Art.

Der Westen hat bei der Wiedervereinigung nur den materiellen Teil beigesteuert, während das tiefere Freiheitsverständnis möglicherweise in den Menschen liegt, die sich diese Freiheit erkämpft haben.

Vielleicht, so hoffe ich, werden wir einmal diejenigen sein, die von den aufgebrochenen Entwicklungen am meisten gelernt haben. Ich hoffe deshalb, dass die stärksten Impulse zur geistigen Erneuerung in unserem Land von den Menschen in Ostdeutschland ausgehen.

Im Westen sind die Strukturen so erdrückend und die Kulturen so erstarrt, dass sich kaum neues Denken ausbreiten kann.
In den neuen Bundesländern herrscht noch mehr Offenheit und auch Unzufriedenheit als Antrieb, neue Wege zu beschreiten.

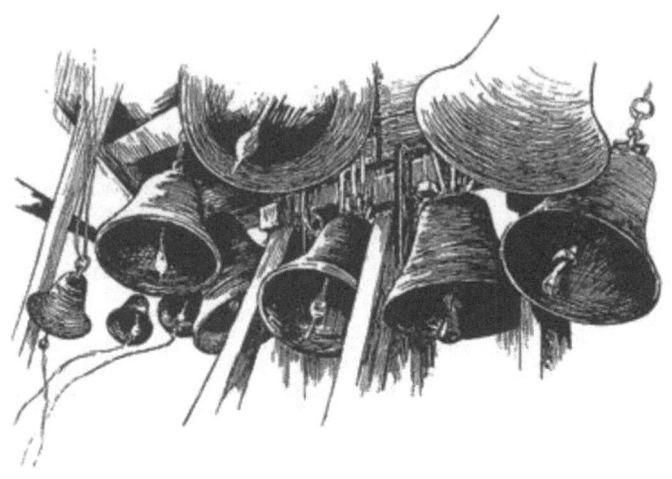

Selbstverständlich beobachte ich auch, dass die Menschen sich von der Geistlosigkeit wie von einer seuchenhaften Epidemie anstecken lassen. Sie haben erfahren, dass viele Menschen aus Westdeutschland als Goldgräber in ihr Land kamen und das schnelle Geld machten. Nun wollen einige von ihnen dies wiederholen und Polen und andere mitteleuropäische Länder erobern.

Aber ich habe die verzweifelte Hoffnung, dass von vielen Menschen aus Ostdeutschland Anstöße zur geistigen Erneuerung ausgehen werden. Wohlgemerkt: Anstöße. Denn die geistige Wende muss jeder Einzelne von uns selbst vollziehen.

Lange Zeit dachte ich, Künstler, Menschen mit Kreativität und Visionen, müssten den Prozess einer geistigen Erneuerung bewirken können.

Ich hielt Ausschau nach einer neuen Elite, denn unsere herkömmliche Elite des Adels, des Geldes oder der akademischen Ausbildung ist technokratisch besetzt und versagt in der neuen Zeit.

Eine neue Elite muss gebildet werden von Menschen, die verantwortungsbewusst denken und handeln.

Der Handwerker, der mit seiner Arbeit eine hohe Qualität leistet, die Umwelt schützt, seine Kunden nicht übervorteilt und die Jugend gut ausbildet, lebt für mich elitärer als so mancher Konzernlenker, Politiker oder Wissenschaftler.

So hielt ich Ausschau nach dieser neuen Elite und fand viele Menschen, die in der Öffentlichkeit nicht besonders hervortreten, aber so verantwortungsvoll handeln, dass sie wahre Freiheit erreichen.

Diese neuen Eliten, die bereits viel stärker sind als wir vielfach sehen, sind die hoffnungsvollen Vorboten einer neuen Zeit. Doch ich musste erkennen, dass diese Vorbilder nicht die geistige Erneuerung für die gesamte Gesellschaft erreichen können.

Das neue Denken muss jeder für sich selbst bewerkstelligen.

Ich sagte es bereits, verglichen mit dem Leben eines einzelnen Menschen befindet sich die Entwicklung der Menschheit an dem Wendepunkt, an dem der Jugendliche in das Erwachsenenalter hineingeht. Wir selbst müssen nun erwachsen sein und als solche verantwortungsvoll handeln. Es gibt für uns keine Eltern, Lehrer oder Priester mehr, die uns sagen, was gut und was schlecht, was richtig und was falsch ist, was gelobt und was getadelt werden muss.

Dieser Weg, dass die Werthaltungen oben formuliert und unten gelebt werden, hat uns dahin geführt, wo wir heute stehen, und ist endgültig zu Ende. Der Paradigma Wechsel der neuen Zeit liegt darin, dass der Einzelne verantwortungsvoll entscheiden muss. Keiner kann uns das abnehmen, was wir selbst tun müssen. Würden wir die Verantwortung dafür an andere abgeben, würden wir eben die geistige Wende nicht vollziehen. Denn sie lautet: Freiheit durch Verantwortung. Und wenn wir die Verantwortung abgeben, bleiben wir unfrei, verantwortungs-los, dann bleibt uns nur unsere Frechheit."

Ich hatte Eberhard Gerswig mit keinem Wort unterbrochen, saß gedankenversunken vor ihm und versuchte das Gehörte aufzunehmen und zu verarbeiten.

Vielleicht hat er meinen Gesichtsausdruck falsch gedeutet, denn er legte seine Hand auf meinen Arm und sagte: „Kopf hoch, lieber Freund! Der Weg der Freiheit durch Verantwortung ist zwar häufig schwer und steinig, aber es ist ein sehr lohnender Weg. Was kann es Schöneres geben als sich selbst Freiheit durch das eigene verantwortliche Denken und Handeln zu schenken?"

Und nach einer kleinen Pause fügte er schmunzelnd hinzu: „Und für das neue Denken hat der liebe Gott uns eine große Hilfe gegeben. Er hat uns allen runde Köpfe geschenkt, damit die Gedanken darin häufig und schneller einmal die Richtung ändern können. Wir haben das Recht und die Pflicht, unsere runden Köpfe aktiv zu benutzen, neues Denken zu wagen. Und neues Denken erkennt man daran, dass man sich blamiert. Denn zu jedem neuen, vielleicht ungewohnten Gedanken werden die Massen sagen ‚Das geht nicht. Das haben wir noch nie so gemacht. Das ist alles Unsinn'. Deshalb vergessen Sie nie Ihren runden Kopf und blamieren Sie sich täglich!"

Ich stimmte in sein Lachen ein. Dieses Bild von unseren runden Köpfen gefiel mir. Ich würde mich sicherlich mehrmals täglich beim Blick in den Spiegel, beim Blick in das Gesicht eines anderen Menschen daran und an meine Verantwortung zu neuem Denken erinnern. Mit diesem Bild würde es mir ähnlich gehen wie mit der Elbe, deren Anblick mich immer an den Abend höchster Intensität mit der wunderbaren alten Dame erinnert, die mir Selbsterkenntnis geschenkt und mich ein gutes Stück zu mir selbst zurückgeführt hatte.

Zwischenzeitlich war Eberhard Gerswig aufgestanden. Sein Blick eilte aus dem Fenster, und mehr zu sich selbst als zu mir sagte er leise: „So weit bin ich nun angelangt. Ich will neues Denken wagen. Ich will selbst Freiheit durch Verantwortung realisieren. Ich wünsche mir nichts mehr als diesen Weg. Doch ich fühle mich wie vor einem mächtigen Tor stehend, das mir noch den Weg versperrt. Ich habe den Schlüssel zu diesem Tor noch nicht gefunden. Deshalb begebe ich mich weiter auf die Suche. Ich bin sicher, ich werde den Schlüssel finden. Der Schlüssel wird zu mir kommen, und ich werde das Tor zur wahren Freiheit aufschließen können."

Nach diesen Worten verabschiedete sich Eberhard Gerswig herzlich von mir und verließ das Lokal.

Kurz vor Erreichen der Tür drehte er sich noch einmal kurz um und rief mir zu: „Wenn ich den Schlüssel gefunden habe, werde ich Sie sofort informieren!"

Durch das Fenster sah ich ihn zielstrebig über die Straße gehen, bis die Nacht ihn verschluckte. Beim Hinterherschauen fiel mir Jesus ein, der Petrus beim Fischen traf. Jesus legte Petrus die Hand auf die Schulter und sprach: „Folge mir." Und ohne Zögern ließ Petrus seine Netze liegen, vergaß Haus und Heim und folgte Jesus.

Ich folgte Eberhard Gerswig nicht.

Damals konnte ich noch nicht wissen, dass ich ihn persönlich nie wiedersehen würde. Ich hatte ihn nur zweimal getroffen und doch so viel erhalten. Sein Samen fiel bei mir auf fruchtbaren Boden. Viele schöne Pflanzen wuchsen daraus, und ich vergaß nie meinen runden Kopf, wagte neues Denken und trug in mir die Gewissheit, dass eines Tages der Schlüssel zum Tor der Freiheit durch Verantwortung auch zu mir kommen würde.

Und genauso sollte es sein. Knapp zwei Jahre nach dem denkwürdigen Abend mit Eberhard Gerswig in dem Feinschmeckerlokal Williamine erhielt ich einen großen wattierten Umschlag.

Eberhard Gerswig hatte mir einen langen Brief geschrieben, in dem er mir von schier unglaublichen Begebenheiten bei seiner Suche nach dem Schlüssel zum Tor der Freiheit berichtete.

Eberhard Gerswig schrieb mir folgenden Brief.

Mein lieber Freund,

voller Dankbarkeit denke ich an unsere Zusammenkünfte im Hamburger Rathaus, an der Imbissbude auf der Reeperbahn sowie insbeson-

dere in dem exzellenten Feinschmeckerlokal Williamine zurück. Ich habe damals sehr viel gesprochen und Sie haben aufmerksam zugehört. Durch Ihr aktives Zuhören haben Sie mir geholfen, mich selbst und die wesentlichen Dinge in meinem Leben zu erkennen, so dass ich mich zielstrebig auf die Suche nach dem Schlüssel zum Tor der Freiheit machen konnte.

Zunächst habe ich mich für einige Monate in ein einsames Haus auf einer kleinen Nordseeinsel zurückgezogen, die Gedanken geordnet und meine Überlegungen zur Geistlosigkeit in unserer Gesellschaft und zu den notwendigen Wegen einer geistigen Erneuerung zu Papier gebracht. Daraus ist ein umfängliches Werk mit dem Titel ‚Die geborgte Zeit - ein Spiel des Lebens' entstanden, das ich mehreren Verlagen zur Veröffentlichung angeboten habe. Doch ich wurde überall abwegig beschieden. Der Stoff sei zu schwer, der Inhalt zu kritisch. Es passe nicht in die heutige Zeit. Die Menschen wollten sich nicht auseinandersetzen, sondern etwas Heiteres, Schönes lesen.

Ich konnte und wollte aus meinen Überlegungen keinen Bestseller machen. Außerdem erkannte ich, dass mit einem Buch über Freiheit und Verantwortung kaum die geistige Erneuerung zu bewerkstelligen wäre. Aber das Schreiben hat mir zur Klarheit verholfen und war insofern ein großer Gewinn für mich.

Auf meiner Suche spielte der Zufall Schicksal und brachte eine entscheidende Wende in mein Leben. Dies kam so.

Von einem guten Bekannten erhielt ich eine Einladung zu den Wagner-Festspielen in Bayreuth. Ich nahm dankend an und erlebte zunächst zwei herrliche Tage in der Festspielstadt. Die Ehefrau mei-

nes Bekannten ist eine äußerst charmante, sehr geistvolle Dame und mitreißende Stadtführerin. Sie brachte mir Bayreuth auf eine ganz besondere Weise nahe mit tiefen historischen Kenntnissen, vielen Geschichten und persönlichen Erlebnissen. Ich habe die Stunden mit ihr und die große Gastfreundlichkeit meines Bekannten sehr genossen. Jede Minute habe ich ganz im Hier und Heute gelebt, dabei meine Überlegungen zur Geistlosigkeit der Welt völlig in den Hintergrund treten lassen und auch meine Suche nach dem Schlüssel zum Tor der Freiheit vergessen. Dies war alles plötzlich nicht mehr so wichtig. Ich erlebte die Zeit in Bayreuth in angenehmer Gesellschaft so intensiv als wären es die letzten meines Lebens.

Dann kam der absolute Höhepunkt, die Aufführung von Wagners ‚Meistersinger' im Festspielhaus. Ich bewundere Wagners Genialität. Ein begnadeter Künstler, von seiner Botschaft beseelt und voller Visionen, die auch noch heute für uns Gültigkeit haben. Jedenfalls stellte ich fest, dass es in unserer heutigen Zeit sehr viele Sixtus Beckmesser' gibt, die als Technokraten in ihrem Gemerke sitzen, nur ihre Formeln kennen und über deren Einhaltung streng wachen. Da bleibt kein Raum für neue Formen, für die neue Kunst des jungen Ritters Walther von Stoltzing.

Wäre da nicht Hans Sachs, der wahre Handwerker wie in der amerikanischen Untersuchung, der zwar der Tradition und Form verpflichtet, gleichwohl für das Künstlerische und Visionäre offen ist und diesem zum Durchbruch verhilft.
Wo sind diese Hans Sachs' in unserer heutigen Gesellschaft?

Meine Feststellung, der Geist sei verwirtschaftet, lässt sich mit Wagners Figuren demnach auch so beschreiben: Erdrückend viele Beckmesser gibt's und kaum einen Hans Sachs.

Die Opernaufführung war in jeder Hinsicht großartig. Es stimmte einfach alles bis ins letzte Detail. Ein großartiges Orchester, gut besetzte Rollen, ein phantastisches Bühnenbild und natürlich eine faszinierende Musik. Sie fesselte mich vom ersten Ton an und entführte mich in eine andere Welt. Ich fühlte mich von Wagners Musik empor gehoben, durch den Festsaal schweben, fühlte mich getragen, schwerelos und befreit. Eingetaucht in diese andere, unwirkliche Welt erlebte ich oben von meinem Flug unter der Kuppel unten auf der Bühne die Welt der ‚Meistersinger von Nürnberg'.

Urplötzlich fühlte ich mich heruntergerissen, stützte mich krampfhaft mit beiden Händen auf den Sessellehnen ab, um den Fall aus freiem Flug zu stoppen. Doch unaufhaltsam wurde ich von dem frenetischen Beifall des Publikums in meine alte Welt zurückgeschleudert. Ich war nicht fähig mit zu klatschen, mit zu jubeln, mit zu lärmen. So erhob ich mich von meinem Platz, um mich vor dem Orchester und vor den Sängern, die mir über vier Stunden des Erkennens in einer anderen Welt schenkten, zu verneigen. Während ich mich tief nach vorn beugte, dabei ungewollt in das großzügige Dekolleté einer vollbusigen Dame, die den Platz direkt vor mir eingenommen hatte, hineinschaute, erfasste mich plötzlich ein unerklärlicher Schwindel. Das

Blut entwich aus meinem Kopf, ich stürzte haltlos vornüber und landete mit dem Rücken zuunterst auf den Füßen der Damen und Herren in der Reihe vor mir.
Im Sturz muss ich wohl Halt gesucht und mich an dem Dekolleté der vollbusigen Dame festgeklammert haben. Jedenfalls war nun ihr Oberkleid heruntergerissen, und als Letztes sah ich ihre mächtigen entblößten Brüste, ihre vor Schreck geweiteten Augen und einen zum gellenden Schrei aufgerissenen Mund.
Den Schrei der Dame hörte ich nicht mehr. Ich fiel in eine tiefe Dunkelheit.

In dieser undurchdringlichen Finsternis stolperte ich durch eine mir unbekannte Gegend. Stunde um Stunde lief ich zunächst über eine Schotterstraße und dann auf einem schmalen Pfad, der sich an Berghängen dahinzog, weite Täler durchquerte, um dann den Aufstieg zum nächsten Gipfel zu nehmen. In dieser Dunkelheit konnte ich kaum meine Hände vor Augen sehen, prallte immer wieder gegen Felsbrocken, stolperte über große Steine, fiel hin und raffte mich erneut auf.

Meine Kräfte schwanden dahin. Ich konnte einfach nicht mehr weiter. Der Trampelpfad, dem ich so lange gefolgt war, war an einem Fluss angelangt und schien von hier aus nicht weiterzuführen. Am Ende meiner Kräfte setzte ich mich auf einen großen Stein am Flussufer.

Wenig später ging die Sonne auf, ein grandioses Naturschauspiel. Zuerst ragte ein Berggipfel hell

strahlend aus der darunter liegenden Dunkelheit hervor. Die dann hereinbrechende Dämmerung im Tal wurde von einem wahren Konzert der Vögel begrüßt.

Mittlerweile hatte ich mich etwas erholt und suchte fast zwei Stunden in beiden Richtungen das Flussufer ab, wo der Pfad weiterführen könnte. Vergeblich. Erneut ließ ich mich auf dem großen Stein am Flussufer nieder. Ein Schmetterling flatterte über meinem Kopf, umkreiste mich einige Male und setzte sich dann auf eine große Blume, die direkt zwischen meinen Füßen stand.

Aufmerksam beobachtete ich dieses wunderschöne Insekt. Es schien keine Angst vor mir zu haben. Ich bildete mir ein, es würde mich ebenfalls anschauen. Dann glaubte ich seine Stimme zu hören: ‚Es gibt immer einen Weg. Nie ist eine Situation ausweglos. Du musst nur genau hinschauen, dann erkennst du die Signale der Welt und den neuen, weiterführenden Weg.'

Ich glaubte, mich narrte ein Spuk. Doch die Stimme, die ich zu hören glaubte, ließ mich nicht los. So machte ich mich erneut auf die Suche, überquerte beschwerlich den Fluss, suchte das andere Ufer ab.

Tatsächlich, genau gegenüber der Stelle, wo ich auf dem Stein gesessen hatte, hingen Zweige eines mächtigen Baumes bis fast in den Fluss hinein. Darunter fand ich einen schmalen Pfad, der bergan führte. Mühsam kletterte ich empor und folgte dem kaum erkennbaren Pfad durch dichtes Unterholz.

Und vor mir flog der Schmetterling. Er flatterte stets ein Stück den Berg hinauf, kehrte dann zu mir zurück, um zu schauen, ob ich auch nachkam. Immer wenn ich mich ausruhte, setzte er sich in Augenhöhe auf einen Zweig, sah mich aufmerk-

sam an und schien darauf zu warten, dass es weiterging.

Oben am Hang hatte ein Feuer den Wald verwüstet. Ich stolperte durch schwarze Asche. Mein

Schmetterling umflog verkohlte Baumstümpfe. Schließlich erreichten wir den Gipfel und folgten ein Stück dem Grat.

Mein Schmetterling war ein Stück voraus geflogen. Nun schwirrte er aufgeregt um meinen Kopf, so als wolle er mir eine Botschaft übermitteln. Dann flog er ein Stück den anderen Berghang hinunter und wartete dort auf mich. Ich folgte ihm bereitwillig und erreichte ein kleines Plateau. Von dort aus erblickte ich auf dem gegenüber liegenden Berghang ein großes schwarzes Loch, den Eingang zu einer Höhle.

Sollte diese Höhle Ziel meiner mysteriösen Wanderung durch diese menschenleere Wildnis sein?

Mein Schmetterling flatterte aufgeregt voran und ich folgte ihm eilig. Die Höhle zog mich nun mit starken Kräften an. Schnell hatten wir den Eingang erreicht. Ein abschüssiger steiler Hang führte mitten in den Berg hinein. Mehr rutschend denn gehend, schlitterte ich im Eiltempo den Hang hinunter - und seltsam, auch hier folgte mir der Schmetterling.

Dann stand ich in einer riesengroßen, etwa dreißig Meter hohen Tropfsteinhöhle, die immer weiter in den Berg hineinführte. Durch den großen Eingang, den ich genommen hatte, sowie durch kleinere Öffnungen an den anderen Bergseiten fiel helles Sonnenlicht in die Höhle, tauchte sie in ein diffuses Licht und ließ die Kristalle der Zapfen- und Säulentropfsteine aufblitzen.

Ich war wie verzaubert und konnte mich nicht satt sehen. Die ganzen Felswände waren mit hellblauen zauberhaften Sternen übersät.
Ein einzigartiger Anblick.
Und erst beim Nähertreten erkannte ich, dass diese Sterne aus feinen Netzen bestanden, die Spinnen rund um kleine Löcher in den Felswänden gewoben hatten. Durch das Sonnenlicht und den Widerschein der Kristalle leuchteten die Netze wie kleine Sterne am Himmel.
Mein Schmetterling flog weiter voran, immer tiefer in den Berg hinein. Ich folgte ihm ohne zu zögern und entdeckte Stalagmiten, die jeweils eine ganz besondere Form oder ein menschliches Antlitz hatten. Ein solcher mächtiger Stalagmit stellte unverkennbar Buddha dar. In einem anderen entdeckte ich das freundliche bartumrahmte Antlitz Jesus', so wie ich es von vielen Bildern her kannte.

Doch mein Schmetterling ließ mir nicht viel Zeit zum Beobachten. Er drängte weiter immer tiefer in den Berg hinein. Hier verengte sich die Höhle zu einem tunnelartigen schmalen Gang, der urplötzlich von einem mächtigen Tor verschlossen war.

Der Schmetterling schwebte vor diesem Tor auf und ab, setzte sich auf einen wuchtigen Türgriff, flog dann wieder zu mir, so als wollte er mich auffordern, die Tür zu öffnen. Ich versuchte es, doch

das große Tor gab keinen Millimeter nach. Von einem massiven Schloss gehalten, blieb es fest verriegelt.

Dies musste das Tor zur Freiheit sein! Und ich hatte wieder einmal keinen Schlüssel, es zu öffnen. Ich hatte das Tor gefunden und musste es unbedingt auch öffnen.
Es gab nichts Wichtigeres für mich auf der Welt.
Ich rüttelte an dem Griff, hämmerte mit den Fäusten und dann mit einem großen Stein auf das harte Holz. Vergebens.
Später schleppte ich aus dem Wald vor dem Höhleneingang armdicke Äste herein, um das Tor aus seinen Angeln zu hebeln.
Was auch immer ich versuchte, das Tor gab keinen Deut nach.
Mich packten Wut und Verzweiflung. So kurz vor dem Ziel konnte ich nicht aufgeben. Es musste einen Lösungsweg geben. Es gibt immer einen Weg! Und diesen zeigte mir schließlich der Schmetterling. Er tänzelte vor meinem Gesicht auf und ab, dann zu einer flachen Wasserlache, die sich auf dem Höhlenboden gebildet hatte, und setzte sich hier auf einen kleinen Lehmklumpen.

Ich verstand, was er mir sagen wollte. Am Rande der Wasserlache grub ich feuchten Lehm aus dem

Boden, knetete ihn zu einer konsistenten Masse, die ich dann in das Schlüsselloch des großen Tores hineinpresste, etwas trocknen ließ und vorsichtig wieder herauszog. Diesen Vorgang wiederholte ich mehrere Male, bis ich drei perfekte Abdrücke des inneren Mechanismus' des mächtigen Schlosses hatte. Diese Abdrücke ließ ich draußen in der Sonne trocknen und so hart werden, dass sie sich nicht mehr verändern konnten. Dann machte ich mich sofort auf den Weg. Natürlich begleitete mich mein Schmetterling und wies mir die Richtung. Ich folgte ihm gern.

Nach zwei Tagesmärschen erreichten wir eine mittelgroße Stadt, und hier fand ich schnell einen Metallhandwerker, der mir hilfsbereit einen Schlüssel anfertigte. Der Meister arbeitete mit computergesteuerten Maschinen. Schnell waren meine Lehmabdrücke auf dem Bildschirm der Maschine in Daten übersetzt, ein Schlüsselrohling wurde eingeführt und in wenigen Minuten hielt ich einen perfekten blitzenden Schlüssel in den Händen. Vorsichtshalber nahm ich weitere Schlüsselrohlinge, einen Hammer und eine Feile mit. Womöglich gab es in der Höhle weitere Tore, und dann konnte ich selbst Schlüssel herstellen.

Dann machte ich mich sofort auf den Rückweg zur Höhle der blauen Sterne. Mein Schmetterling flog wieder voran und schien meine Ungeduld zu spüren, denn er legte ein schnelles Tempo vor.

In der Höhle wieder angekommen, probierte ich voller Ungeduld sofort den Schlüssel aus. Er ließ sich mühelos ins Schloss einführen, doch nur wenige Millimeter herumdrehen. Der Schlüssel passte nicht! Meine Wut war grenzenlos. Enttäuscht brach ich schluchzend zusammen.

Dann habe ich draußen am Höhleneingang lange in der Sonne gesessen, in das weite Land unter mir geschaut und meinen Schmetterling bei seinem Flug von Blüte zu Blüte mit Blicken begleitet.

Etwa von diesem Stadium an habe ich begonnen, mit dem Schmetterling zu reden, habe ihm aus meinem Leben erzählt, von meinen Sehnsüchten berichtet und alle Fragen, die mich bewegten, mit ihm geklärt. Langsam zog wieder Frieden in mein Herz.

Das Tor hinten in der Höhle verlor an Bedeutung.

Erst Tage später habe ich mir in der Höhle eine kleine Werkstatt eingerichtet. Ein besonders harter Stein als Amboss, einen Baumstumpf als Sitzgelegenheit. Und so ausgerüstet, bearbeitete ich mit Bedacht den Schlüsselrohling, den ich mir aus der

Stadt mitgebracht hatte, mit Hammer und Feile. Ich hatte es nun nicht mehr eilig. Die Frage, ob der Schlüssel, den ich selbst herstellen wollte, passen würde, trat in den Hintergrund. Entscheidend war, dass ich überhaupt einen Schlüssel mit den eigenen Händen herstellen konnte. Mit jedem Hammerschlag floss etwas von mir selbst in den Schlüsselrohling hinein. Immer weniger war es nur ein beliebiges Stück Stahl. Es wurde zunehmend ein Stück von mir selbst.

Wie mit dem Schmetterling, mit dem ich viel Zeit verbrachte, sprach ich ebenso mit dem Schlüsselrohling. Erklärte ihm, warum ich Hammer oder Feile benutzen musste, freute mich an dem hellen Glanz des Metalls, erzählte von meiner Freude und schilderte, wie ich ihn mir vorstellen würde.

In meinem Kopf hatte sich ein Bild von dem fertigen Schlüssel geformt, das ich nun mit jedem Hammerschlag, mit jedem Zug der Feile auf den Schlüsselrohling übertrug. Ich probierte zwischendurch kein einziges Mal am Schloss des Tores, ob der Schlüssel passen konnte. Ich fertigte auch keine neuen Lehmabdrücke. Ich wollte meinen Schlüssel nach dem Bildnis in mir erschaffen. Und dieses Ziel verfolgte ich mit andächtiger Intensität.

Nach vielen Stunden war der Schlüssel fertig, genauso wie ich ihn mir vorgestellt hatte.

Auch dann eilte ich nicht sofort zum Tor, wusch vielmehr den Schlüssel liebevoll in einem nahen

Bach, trocknete ihn vorsichtig ab, legte ihn wieder auf meinen Amboss und sah ihn lange schweigend an. Mein Schmetterling flatterte heran, setzte sich auf den Schlüssel, lief den langen glänzenden Schafft mehrfach entlang, bis er sich schließlich endgültig auf dem Schlüsselbart niederließ.

Nun erst trug ich bedächtig Schlüssel und Schmetterling in die Höhle hinein zum Tor am Ende des Ganges. Der Schlüssel passte gut ins Schloss und ließ sich auch relativ leicht herumdrehen. Einmal, zweimal. Nach dem dritten Mal sprang das Schloss auf und die Tür öffnete sich einige Zentimeter. Sofort flog mein Schmetterling durch diesen Spalt in den Raum dahinter. Behutsam öffnete ich die Tür ganz und folgte dem Schmetterling.

Was ich in dem Raum sah und erlebte, lässt sich mit keinem Wort beschreiben. Direkt bei dem ersten Schritt in den Raum hinein wusste ich sofort mit untrüglicher Sicherheit, dass ich das Tor zur Freiheit durchschritten hatte. Vor mir lag die absolute Wahrheit.

Ich erfasste sie mit dem Blick meines Herzens.
Sie war einfach. Genial einfach.
So einfach, dass ich befreit und lange lachen musste.

Ob ihrer Einfachheit hatte ich in den vielen Jahren meines Lebens diesen wahren Geist der Freiheit nicht erkennen können, stets übersehen.
Seit diesen Tagen lebe ich mit meinem Schmetterling in der Höhle der blauen Sterne.
Ich werde für immer hier bleiben.

Ich habe die Höhle nur noch einmal für kurze Zeit verlassen, um mein Versprechen zu erfüllen, Ihnen diesen Brief und die beiden Schlüssel, den mit Computertechnik hergestellten sowie den von mir handwerklich gefertigten, zu schicken. Ich brauche diese Schlüssel nicht mehr. Denn ich habe alles gefunden. Ich wünsche Ihnen, dass Sie den rechten Schlüssel herausfinden und ihn sehr häufig benutzen werden.
Meine besten Segenswünsche begleiten Ihren weiteren Lebensweg.

Herzlichst Ihr Eberhard Gerswig

Diesem Brief waren, in besonders weichem Papier eingewickelt, die Schlüssel beigelegt. Sehr lange prüfte ich beide Schlüssel, verglich sie sorgfältig miteinander und konnte keine Unterschiede feststellen. Später brachte ich sie zu einem Experten, der mit allen technischen Raffinessen die Schlüssel untersuchte. In seiner ausführlichen Expertise bestätigte er, dass beide Schlüssel hundertprozentig identisch seien.

Keinen Moment zweifelte ich an Eberhard Gerswigs Worten. Aber wie konnte es dann möglich sein, dass ein Schlüssel zum Tor der Freiheit passte und der andere nicht? Dieses Geheimnis konnte ich zunächst nicht lösen. Und so trug ich beide Schlüssel ständig bei mir, um dem Leben eine Chance zu geben, mir bei der Lösung dieses Rätsels zu helfen. Ich vertraute darauf, dass ich das richtige Signal zu erkennen bekommen würde, wenn dazu die richtige Qualität der Zeit gekommen war.

Monate später befand ich mich auf einer Reise, musste im Hotel übernachten.

Es war eine Angewohnheit von mir, abends meine Taschen vollständig zu leeren und sämtliche Gegenstände darin für den nächsten Morgen griffbereit zu Recht zu legen. So geschah es auch an diesem Abend in dem Hotelzimmer. Ich legte mein Portemonnaie, Taschentuch, Füllfederhalter und ebenso die beiden Schlüssel auf einen blitzblanken Spiegel, mit dem die Oberfläche eines kleinen Barschrankes verkleidet war.

Da lagen beide Schlüssel, nur wenige Zentimeter voneinander entfernt, auf diesem Spiegel, und ich konnte sie gleich vierfach bewundern.

Ich wollte mich schon abwenden und ins Bad gehen, als irgendeine bewusst nicht wahrgenommene Botschaft mich festhielt und erneut die beiden Schlüssel mit ihren Spiegelbildern betrachten ließ. Dann endlich entdeckte ich das Geheimnis.

Das Spiegelbild des linken Schlüssels entsprach vollständig dem darauf liegenden Schlüssel. Auch bei dem rechten Schlüssel schien es auf dem ersten Blick so zu sein. Doch hier ergab der Schlüsselbart im Spiegelbild ein Wort. Das Wort LIEBE.

Ich musste herzlich lachen. Ja, es war ganz einfach. Der Schlüssel zum Tor der Freiheit trägt den Namen LIEBE.

Das Tor der Freiheit in der Höhle hatte für Eberhard Gerswig an Bedeutung verloren. Er hatte mit größter Achtsamkeit und voller Intensität einen Schlüssel angefertigt, dessen Bart spiegelbildlich das Wort LIEBE ergab.

Es ist der Schlüssel der Liebe, der das Tor zur Freiheit aufschließt. Denn wir können nur das wirklich verantworten, was wir selbstlos lieben, und damit unsere Freiheit gewinnen.

Die geistige Erneuerung, von der Eberhard Gerswig sprach, erreichen wir nur durch Liebe.

Wir sind als Menschen in diese Welt hineingekommen, um zu lieben. Solange wir nicht selbstlos lieben können, wird es Revolutionen, Kriege und Not geben. Liebe macht diese Abgründe überflüssig. Diese größte Kraft der Welt führt uns zu einem menschenwürdigen Dasein und schenkt uns Freiheit.

Nun war mir dieser Schlüssel der Liebe zugefallen. Zufällig hatte ich seine wahre Bedeutung herausgefunden. Die Welt meinte es wirklich gut mit mir.

Fortan habe ich den Schlüssel der Liebe sehr intensiv gebraucht und damit viele Türen zu den Herzen der Menschen aufgeschlossen.

Ich lernte zu lieben.

Jeden Tag ein Stück mehr. Manchmal fiel es mir schwer, manchmal sehr leicht. Es gab Steine und Barrieren auf diesem Weg. Es ging vorwärts. Manchmal wurde ich jedoch auch hart zurückgeschleudert. In kleinen Schritten lernte ich so, mein Denken und Handeln zu verantworten und erlangte damit immer mehr ein Stück meiner ersehnten Freiheit.

Doch irgendetwas schien mich weiter zu fesseln, unfrei zu machen.

Fortwährend kreisten meine Gedanken um die Höhle der blauen Sterne. Diese Höhle ließ mich nicht los. Es musste sie geben. Warum sollte Eberhard Gerswig sie erfunden haben?

Ich spürte instinktiv, die alles umfassende Liebe und damit die vollständige Freiheit würde ich nur erlangen können, wenn ich herausfand, was es mit dieser Höhle auf sich hatte.

Bei jeder sich bietenden Gelegenheit, auf sämtlichen Geschäftsreisen forschte ich nach dieser Höhle und wollte von jedem und allen wissen, ob sie je von einer solchen Höhle gehört hatten.

Lange Zeit forschte ich vergeblich. Doch ich wusste ganz sicher, wenn ich die Augen offen hielt, neugierig wie ein kleines Kind war, würde ich die Signale der Welt nicht übersehen und die Höhle der blauen Sterne finden können. Häufig sah ich mich bereits in Gedanken in dieser Höhle stehen und wusste, eines Tages würde es Wirklichkeit werden.

Damals hatte ich auch sehr viel in Thailand zu tun. Besonders häufig führte mich mein Weg in die schöne Metropole Nordthailands, nach Chiang Mai.

Auch hier hatte ich viele Menschen nach der Höhle mit den blauen Sternen gefragt, jedoch nie eine weiterführende Auskunft erhalten. Eines Abends bei einem Bummel über den Night market in Chiang Mai blieb ich wie angewurzelt vor einem Stand mit vielen Bildern in grellen Farben stehen.

Ein Bild zeigte eine Höhle, deren Wände mit kleinen Sternen übersät waren, und in der Mittel der Höhle thronte ein kolossaler steinerner Buddha.

Ich wurde mit dem Künstler schnell einig und erwarb dieses Bild. Er war auch ohne weiteres zu allen Auskünften bereit.

Nein, er habe die Höhle selbst nie gesehen. Ein alter Bergbewohner habe ihm davon erzählt und nach dessen Bericht habe er das Bild gemalt. Die Höhle soll sich im Doi Inthanon-Massiv, der höchsten Erhebung Thailands, irgendwo in der Luang-Schlucht befinden.

Ich war wie elektrisiert. Das Doi Inthanon ist nur einhundertfünfzig Kilometer von Chiang Mai entfernt!

Sofort bombardierte ich sämtliche Bekannte und Geschäfts-partner in Thailand mit Fragen, was sie über diese Gegend wussten. Alle warnten mich davor, in das Doi Inthanon zu fahren und dort nach der Höhle zu suchen. Die Gegend sei wild und unzivilisiert. Neben der einzigen Teerstraße, die zum Gipfel führt, gebe es keine Straßen. Außerdem sei den Bergbewohnern nicht zu trauen. Wilde Menschen, die kein Wort Englisch, häufig nicht mal Thai, sondern einen seltsamen Dialekt sprechen würden.

Doch für mich konnte es kein Halten geben.

Früh am nächsten Morgen war ich mit einem Mietwagen unterwegs zum Doi Inthanon. Auf der Teerstraße kam ich gut voran. Einige Kilometer vor dem Gipfel folgte ich einer inneren Stimme und bog in eine Schotterstraße ab, die nach meinem Gefühl in die Luang-Schlucht führen musste.

Der Schotterweg wurde immer beschwerlicher, er zog sich atemberaubend an Berghängen entlang, verlief durch kleine Dörfer. Und schon bald gab es nur noch Lehmpfade, die in der Regenzeit ausgewaschen wurden und von Ochsenkarren tiefe, nun knochenharte Fahrspuren erhalten hatten. Anstelle von Brücken hatte man einfach über die vielen Flusstäler jeweils zwei Baumstämme gelegt, über die ich mit meinem ächzenden Gefährt balancierte.

Ich kam nur im Schneckentempo voller Anspannung voran. Ständig in der Erwartung, in einen tiefen Graben abzurutschen, einen Achsenbruch zu erleiden oder von den runden Baumstämmen in die Schlucht darunter zu stürzen.

Schon bald hatte ich mich vollständig verirrt. Nur sehr vereinzelt fand ich kleine Dörfer der Bergstämme, die aus drei, vier einfachen Hütten bestanden.

Meine Fragen nach der Höhle wurden nicht verstanden. So erkundigte ich mich, in welcher Richtung Chiang Mai läge, um endlich aus dieser öden Wildnis herauszufinden. Einmal zeigte man grinsend nach Norden, das nächste Mal nach Süden, dann nach Osten und ebenso nach Westen. Es war hoffnungslos...

Die brütende Hitze setzte mir zu. In der Ferne entdeckte ich einen Wasserfall, den ich nun auf mühsamen Pfaden ansteuerte. Dort schließlich angekommen, stellte ich mich unter die herabstürzenden Wassermassen.

Es war schon immer mein Traum, einmal in einem Wasserfall zu baden. Und wenn ich weder die Höhle noch Chiang Mai finden sollte, wollte ich wenigstens meinen Kindheitstraum erfüllen.

Nach einem ausgiebigen, erfrischenden Bad mit neuem Mut erfüllt, folgte ich zu Fuß ein gutes Stück dem Fluss, um herauszufinden, was sich hinter der nächsten Biegung verbarg.

Plötzlich vernahm ich in meiner direkten Nähe die Pfeiftöne eines Wasservogels. Mit einem Stock schlug ich auf das Gebüsch, in dem ich den Vogel vermutete. Da sprang aus dem Busch ein junger Mann in abgerissener Kleidung hervor, der wild mit seinem Gewehr herumfuchtelte.

Entsetzt trat ich einige Schritte zurück.

Mein Gegenüber feixte, legte das Gewehr auf den Boden, nahm eine Holzflöte, die, von einem Band gehalten, auf seiner Brust baumelte, und entlockte seiner Flöte die Pfeiftöne des Wasservogels.

Ich verstand. Es handelte sich um einen Jäger, der mit seiner Flöte die Vögel anlockte, um sie schießen zu können.

Nach dem kleinen Konzert schnatterte der Jäger fröhlich in einer Tour auf mich ein. Ich verstand kein Wort und konnte mich auch mit keiner Silbe verständlich machen.
Mit einem Stock zeichnete ich in den Sand des Flussufers die Umrisse eines mächtigen Berges

und darin den Eingang einer Höhle, an deren Wände ich Kreuze als Zeichen für Sterne malte.
Mein Gegenüber begriff schnell, was ich wollte. Gekonnt malte er eine Landkarte in den Sand, die zu der von mir gezeichneten Höhle führte. Ich dankte dem Jäger und zögerte keinen Moment, seiner Karte zu folgen.

Tatsächlich erreichte ich nach mühevollem Weg eine Stelle am Fluss, die Eberhard Gerswig ausführlich beschrieben hatte. Ein großer Stein am

Ufer und auf der gegenüberliegenden Seite ein riesiger Baum, unter dessen herabhängenden Zweigen ich einen Berg aufwärts führenden Trampelpfad entdeckte. Alles war so, wie Gerswig es mir in seinem Brief beschrieb. Nur der Schmetterling fehlte.

Doch dies störte mich nicht. Ich machte mich mit pochendem Herzen an den Aufstieg.

Ich fand die Höhle, stieg hinein und war so überwältigt von ihrer Schönheit, dass ich mich mitten in der Höhle auf den Boden setzte, mich an die mächtige Figur des steinernen Buddhas anlehnte und atemlos die hellblauen Sterne auf den Höhlenwänden bewunderte.

Es war auch nicht schwierig, den tunnelartigen Gang an der tiefsten Stelle der Höhle zu finden, denn dorthin führte ein ausgetretener Weg durch den steinernen Wald der Stalagmiten, deren Kristalle mich anstrahlten. Das Tor am Ende des Ganges war verschlossen, ließ sich jedoch mit meinem Schlüssel der Liebe einfach öffnen.
Als ich den Raum dahinter betrat, hätte mein Erstaunen nicht größer sein können. Ich befand mich in einem sehr großen, gemütlich eingerichteten Wohnzimmer, das in diese Höhle eingebaut worden war. An einer Wand befand sich ein offener

Kamin, an anderen Wänden entdeckte ich Türen, die in andere Zimmer zu führen schienen.

In der Wand direkt gegenüber dem Tor befand sich eine sehr große verglaste Öffnung und dahinter entdeckte ich einen Balkon.

Ich merkte sofort, dass dieser bezaubernde Raum bewohnt war. Mir war es äußerst unangenehm, in diese Privatsphäre eingedrungen zu sein, und als auf mein Rufen niemand antwortete, beschloss ich, auf dem Balkon auf die oder den Bewohner zu warten. Ob hier Eberhard Gerswig lebte?

Vom Balkon aus hatte ich einen grandiosen Ausblick über eine tiefe Schlucht. Von der gegenüber liegenden Felswand stürzte ein Wasserfall herab. Unter mir zogen imposante Adler ruhig ihre Kreise. Ich nahm in einem bequemen Sessel Platz und genoss den Anblick.

Von den Strapazen des Tages angestrengt, musste ich wohl eingeschlafen sein.

Ich glaubte zu träumen, als ich auf meinen Lippen den Hauch eines Kusses spürte, so wie ein Schmetterling sacht eine Blume berührt. Ausgelöst von diesem kaum spürbaren Kuss strömte eine Welle der Zärtlichkeit durch meinen Körper, die mein Herz emsig pochen ließ. Ich wollte dieses wunderbare Gefühl behalten und öffnete nur widerwillig die Augen. Zunächst nahm ich nur undeutliche Umrisse wahr. Mittlerweile war die Abenddämmerung hereingebrochen.

Dann erkannte ich vor mir eine sehr hübsche junge Frau, deren Anblick mich aus dem Sessel empor riss und stammeln ließ: „Schmetterling..."

„Ja", erwiderte sie ruhig, „Schmetterling hast du mich immer genannt. Auch bei unserem Abschied am letzten Abend in dem exzellenten Feinschmeckerlokal Williamine. Erinnerst du dich daran?"

Und ob ich mich daran erinnerte! Das Bild meines Schmetterlings war nie in meinem Herzen verblasst.

Doch ich war nicht fähig, ihr zu antworten.

Es hatte mir die Sprache verschlagen. So nahm ich sie fest in die Arme und wusste, ich würde sie nie wieder los lassen.

Sehr viel später saßen wir ihm Wohnzimmer an einem prasselnden Feuer im Kamin und tauschten Erinnerungen aus.

Ich erzählte ihr, wie schlecht es mir nach unserer Trennung ergangen war, dass ich seelisch und körperlich erkrankte, bis mir zufällig ein Handwerksmeister die Energiematte brachte.

„Bestimmt kein Zufall", meinte Schmetterling spitzbübisch lachend. „Unten im Dorf befindet sich eine kleine Fabrik, die mir gehört. Dort stellen wir die Energiematten her und vertreiben sie in der ganzen Welt. Der Handwerksmeister lebt im Süden Thailands und besucht mich häufig. Er hat mehrere Energiematten bei mir gekauft, und ich war sicher, eine davon würde er an dich weiterreichen. Er ist doch stets um dein Wohlbefinden so besorgt. Es gibt keinen Zufall!"

„Oh, doch. Selbstverständlich gibt es in unserem Leben Zufälle", stellte ich fest. „Wie hätte ich sonst die beiden Briefe, die ich einer bezaubernden alten Dame einst geschrieben hatte, zurückerhalten sollen?"

„Die Briefe habe ich dir geschickt", entgegnete mein Schmetterling sanft, „die bezaubernde alte Dame war meine Mutter. In ihrem Nachlass fand ich deine Briefe, und ich dachte, du wolltest sie gern zurückerhalten."

Meine Verblüffung kannte keine Grenzen. Ich hatte es für zufällige Zeichen der Welt gehalten, und nun sollten diese Zufälle nicht existieren.

„Aber warum hast du mir die Briefe nicht persönlich gegeben?", wollte ich wissen. „Du hast mir mehr gefehlt als alles andere auf der Welt. Mit einem persönlichen Wiedersehen hättest du mir viele schmerzhafte Umwege erspart."
„Nein, du brauchtest die Umwege. Die Zeit war noch nicht reif. Du musstest deinen eigenen Weg gehen, dich selbst finden, dich unabhängig von mir frei für die Liebe entscheiden können."

Nachdenklich stimmte ich ihr zu und berichtete dann, wie ich an der Elbe von der bezaubernden alten Dame, von ihrer Mutter Abschied genommen

habe, indem ich die Briefe als papierne Schiffe dem Fluss übergab.
Und ich erzählte ihr ausführlich von Eberhard Gerswig, von unseren Gesprächen, von seinen Briefen und von den beiden Schlüsseln.
„Ist das etwa auch kein Zufall?", wollte ich wissen. Und antwortete mir dann selbst: „Nein, bestimmt kein Zufall. Denn er hat mir von dieser Höhle der blauen Sterne geschrieben und mir den Schlüssel der Liebe geschickt, der das Tor zu deiner Wohnung aufschließt."

„Besser: die Tür zu meinem Herzen", erwiderte Schmetterling lachend und fuhr dann nach einer langen Pause ernsthaft fort: „Eberhard Gerswig ist mein Vater."

„Dein Vater?", fragte ich ungläubig, „was ist aus ihm geworden? Wie geht es ihm? Wo lebt er heute? Sicher, er wohnt mit dir hier. Denn in seinem Brief hat er mir geschrieben, er würde von nun an mit seinem Schmetterling für immer in der Höhle der blauen Sterne leben. Du bist der Schmetterling! Du hast mit deinem Vater die Höhle entdeckt. Wo ist Eberhard Gerswig jetzt?"

„Mein Vater ist an einem Gehirnschlag, den er im Bayreuther Festspielhaus bei der Aufführung der ‚Meistersinger' erlitten hat, gestorben", erwiderte sie leise, und ich spürte darin die tiefe Traurigkeit in ihr.

„Gestorben?", fragte ich, „das ist doch unmöglich! Er hat mir doch danach noch einen ausführlichen Brief geschrieben."

„Weder mein Vater noch meine Mutter wussten etwas von unserer Beziehung, und ich wusste lange Zeit auch nicht, dass sie dich kennen gelernt hatten", klärte sie mich auf und fuhr dann fort: „Die Höhle hatte ich schon bald nach unserer Trennung entdeckt. Meine Eltern wussten nichts davon und waren auch nie hier.
Eines Tages erhielt ich die Nachricht, dass mein Vater in Bayreuth einen Gehirnschlag erlitten hatte und nun bewusstlos im Krankenhaus lag. Natürlich bin ich sofort zu ihm gefahren.
Er lag wochenlang im Koma.
Während dieser ganzen Zeit bin ich nicht von seinem Krankenbett gewichen. Dann wachte er noch einmal auf und erzählte mir eine mysteriöse Geschichte.
Nach seinem Gehirnschlag im Festspielhaus habe er eine lange Reise unternommen, dabei den Schlüssel zum Tor der Freiheit und alles gefunden, was er sich je ersehnt habe. An diesen Ort wolle er für immer zurückkehren und war nur nochmals in diese Welt zurückgekommen, um ein Versprechen

zu erfüllen und einem lieben Freund vom Schlüssel zum Tor der Freiheit zu berichten. Dann hat er wohl den Brief an dich geschrieben. Kurz darauf ist er gestorben.
So fügt sich alles zusammen, und ich beginne zu verstehen.
Die Welt meint es wirklich gut mit mir.
Sie hat mich zurück zum Schmetterling geführt und mir Liebe geschenkt.

Nun habe ich die Freiheit, für immer mit meinem Schmetterling in der Höhle der blauen Sterne zu leben.

Ich werde diesen Ort nur noch einmal verlassen, um diesen Bericht in die Druckerei zu geben und dann an Freunde, Bekannte und Menschen, die mir irgendwie nahe stehen, zu versenden.

In diesem Bericht habe ich alles so aufgezeichnet, wie es sich zugetragen hat und wie ich es sehen kann.
Ich konnte mich immer darauf verlassen, dass die Welt es gut mit mir meint.

Dies haben Sie nun, liebe Leser, aus meinem Bericht erfahren.

Sie halten damit den Schlüssel der Liebe in Ihren Händen.
Es ist allein Ihre Verantwortung, was Sie damit anfangen.

Sie können den Schlüssel der Liebe intensiv benutzen und erfahren: wer liebt, lebt wirklich.
Sie können mit dem Schlüssel der Liebe das Tor der Freiheit aufschließen und Ihre eigene Höhle mit leuchtenden Sternen finden.
Sie können den Schlüssel ebenso ungenutzt lassen und Ihr bisheriges Leben einfach fortsetzen.

Von Jürgen Hogeforster sind weitere Erzählungen und Romane erschien

Der Club der runden Gesichter

wurde von der kleinen Elisabeth gegründet, die mit sehendem Herzen durch die Welt geht. Die Lehren aus zweiundzwanzig Begegnungen bezeichnet sie als ihr Saatgut. Sie beschreitet den Weg der geistigen Meisterschaft und findet Erfüllung.

Die Ringe des Lebens

werden etwa zeitgleich von einem jungen Mann entdeckt, der das Leben studiert. Auf seinem verantwortungsvollen Weg erreicht er wahre Freiheit und harmonisches glücklich Sein.

Die Geistlosigkeit der Medien

führen beide fünfunddreißig Jahre später zusammen. Sie geraten in die erbarmungslose Maschinerie der Medien, werden von der schweigenden Mehrheit gehetzt. Der Treibjagd können sie nur ihre Werthaltungen, die sie seit ihrer Jugend erworben haben, entgegensetzen. Für sie gibt es keine Alternative; nur Eines wird nicht verziehen.

Das Leben danach
oder
Der Stein der Veränderung

Nach den Terroranschlägen am 11. September 2001 gerät das Vorstandsmitglied einer großen deutschen Bank in eine Demonstration. Eine junge Frau drückt ihm einen Stein in die Hand und fordert ihn auf: „Wenn du ohne Schuld bist, dann werfe diesen Stein."
Nachdem diese Szene im Fernsehen ausgestrahlt wird, überschlagen sich die Ereignisse. Bereits wenige Tage später findet sich der Banker in Thailand wieder. Und hier holt ihn seine Schuld ein.

Einige Jahre verbringt er bei einem Mönch in einer einsamen Felsenhöhle, bis er schließlich den Traum seiner Kindheit wieder findet: Er hat gelebt, denn er hat einmal selbstlos geliebt.

Utopia 2015 – Zukunft ist jetzt

Zukunft ist nicht etwas weit Entferntes. Jeder momentane Gedanke, jedes aktuelle Handeln, bestimmt das Morgen:

ZUKUNFT IST JETZT

Eine Bildungspolitikerin der Europäischen Union wird in Litauen mit der Vergangenheit ihrer Familie, mit der Feudalherrschaft ihres Großonkels als Gutsbesitzer in Litauen konfrontiert. Sie versucht mit dem Bewährten aus der Vergangenheit Zukunft zu gestalten und eine alte Dorfschule zu retten. Können Kultur und Pädagogik von gestern neue Wege weisen?

Ein junger Mann schlägt nach dem Studium alle Karrierechancen aus und macht sich auf den Weg, seine Insel Utopia zu finden. Nach einer abenteuerlichen Reise mit schier unglaublichen Erlebnissen kehrt er nach fünfzehn Jahren in seine Heimat zurück. Hier beschließt er, gemeinsam mit seinem Jugendfreund Utopia 2025 zu realisieren.

In einer einst wohlhabenden Stadt, die nun in große wirtschaftliche und gesellschaftliche Probleme geraten ist, taucht plötzlich ein Fremder auf. Er weckt in den Menschen Sehnsüchte und fordert sie zu neuen Wegen der Zukunftsgestaltung auf. Werden die Menschen folgen und wird Politik dies überhaupt zulassen?

Langsam schneller sein
Auf dem Pfad der Liebe

Der Politiker Gerhard Potter ist rastlos tätig. Nie gönnt er sich Zeit zur Muße, bis er auf einer Reise nach Nepal einen Mönch trifft, der ihn zum Verweilen im Kloster einlädt. Hier, in der Abgeschiedenheit, herausgelöst aus den selbstauferlegten Zwängen, erzählt der Politiker die zum Teil phantastisch anmutenden Geschichten von zwölf Menschen, die einen eigenständigen Weg gingen und irgendwie an ein geheimnisvolles, ihm nicht zugänglichen Wissen angeschlossen schienen.

Der Mönch deutet ihm jede dieser Begegnungen als Pfade, die zu einem erfüllten Leben führen, und lehrt ihn den Pfad, in dem alle anderen gipfeln und der den Menschen zu den höchsten Zielen führt: den Pfad der Liebe. Auch erfährt Potter am Ende, dass die Kraft in der Ruhe liegt und der Mensch mit der Klarheit des Geistes in vielen Situationen langsam schneller zum Ziel kommt. So erschließt sich ihm der tiefere Sinn des nepalesischen Sprichwortes „Wir haben keine Zeit, es eilig zu haben".

Dieses Buch eröffnet dem Leser eine Vielfalt von erstaunlichen und beglückenden Erkenntnissen über einen Wertewandel, der das private und öffentliche Leben auf eine neue Grundlage stellt.

Spiel des Lebens
Adler, Narr und Schmetterling

Ein betagter Mann bittet seine zwei erwachsenen Kinder ihn die noch verbleibenden drei Tage bis zu seinem Tod zu begleiten. Den entsetzten Kindern bleibt keine Wahl, diesem letzten Willen in einem abgeschiedenen Berg Tal zu entsprechen.

Der Vater schildert ihnen seinen Lebensweg, der immer wieder neue abenteuerliche Richtungen einschlägt. Beginnend mit der Geburt auf einer einsamen Insel und einem Studium des Lebens in verschiedenen Erdteilen, entführt der Vater seine Kinder auf eine merkwürdige Reise zu einem deutschen Arzt im Kaukasus, in die Schneewüsten Kanadas, in die Gluthitze der Sahara, zu einem teuflischen Betrug in Mittelamerika bis hin zu einer Kathedrale mit einem merkwürdigen Grab in Polen. Ein mysteriöser Adler begleitet diese Lebensreise und veranlasst den Vater zu der dringenden Bitte, seine Kinder sollen ihm helfen, auf dem Gipfel des Adlerfelsens mit seinem Tod den Übergang in einen anderen Zustand zu finden.

Die spannende Reise durch ein ereignisreiches Leben vermittelt den Kindern tiefgehende Erkenntnisse. Schließlich erfahren sie in dem Spiel eines Harlekins Geheimnis und Bedeutung von Adler, Narr und Schmetterling.

Wachstum ohne Grenzen

Der Mensch beutet die Natur aus, Energie und Rohstoffe werden immer knapper und teurer, Umweltbelastungen erreichen bedrohende Ausmaße. Wenn der Mensch von der Natur lernt, Umweltgüter nicht verbraucht, sondern gebraucht und alles wieder zurückführt, bestehen keine Grenzen.

Arbeitsteilung, die großes Wohlstandswachstum ermöglichte, hat ihre Grenzen erreicht. Die Folgen sind Ausgliederungen und hohe Arbeitslosigkeit sowie Verlust der Sinnfindung im Arbeitsleben, Unterdrückung immaterieller Werte und Anhäufung von Krankheiten. Durch Kooperation sind aber wieder ganzheitliche Arbeitsformen mit einem Wachstum ohne Grenzen möglich.

Weltweite Wirtschaftsrezessionen und Finanzkrisen werden als Betriebsunfälle abgetan. Dabei sind es unübersehbare Signale: Das vorherrschende System ist zum Wachstum verurteilt, kann aber Wachstum nicht mehr hervorbringen. Wo Wachstum aufhört beginnt der Tod.

Unter acht verschiedenen Blickpunkten werden nicht nur bestehende Grenzen dargestellt, sondern in erster Linie konkrete Strategien, Maßnahmen und praktische Beispiele für eine Erneuerung des wirtschaftlichen und gesellschaftlichen Systems mit einem Wachstum ohne Grenzen aufgezeigt.

Die Versuchung des Goldfuchs

Für Bankdirektor Rudolf Goldfuchs zählen nur die Margen zwischen Soll- und Habenzinsen und die Sicherheiten der Kreditnehmer. Doch sein rationales Denken gerät ins Wanken, nachdem eine Mitarbeiterin ihn mit Phänomen konfrontiert, die sich jeglicher Rationalität entziehen, gleichwohl Realität sind. Kurz darauf beteiligt sich Goldfuchs an einem Hubschrauberflug, um mit einem homöopathischen Mittel die Algenpest in der Nordsee zu bekämpfen. Er wird mit weiteren unerklärlichen Ereignissen konfrontiert, so auch die erfolgreichen Bekämpfung des Baumsterbens mit Biomagneten.

Diese und weitere Erzählungen berichten von unerklärlichen Vorkommnissen, die rational zwar nicht zu erklären sind, von Wissenschaftlern als Spinnerei verschrobener Menschen bezeichnet werden, jedoch unumstößliche Tatsachen darstellen. Was der Leser als überschäumende Phantasie des Autors einstuft, kommt der Wirklichkeit am Nächsten. Was dagegen als realistisch erscheint, hat es tatsächlich nie gegeben.

Die Erzählungen in diesem Sammelband entführen den Leser in eine andere Welt und zeigen auf, dass unsere Welt viel mehr ist, als das, was wir mit dem Verstand erfassen können und was rationale Wissenschaft erklären kann.

Herstellung und Verlag:
BoD - Books on Demand, Norderstedt
ISBN 978-3-7386-3649-9